KB130876

청어詩人選 229

나의 일기

배상수 시집

도서출판 청어

나의 일기

배상수 시집

저자의 말

피곤하고 지친 기색으로 등산을 마치고 뒤돌아보니 지리산이 웅장하고 고운 자태로 서 있었다.

다시 가고파라 현모양처(賢母良妻)인 저 산을……

〈현모양처(賢母良妻)의 산〉

자지러지는 새소리, 이슬을 머금은 여름 야생꽃밭, 풍덩 빠지고 싶은 신록의 바다.

여름 지리산!
바로 이곳이 사람이 살아야 할 곳이 아닌가.
비누로 세수도 치약으로 이빨도 딱지 않은 신록처럼 바람과 맹물로 얼굴을 썩썩 닦아 본다.

차례

시

동시

수필

시

소한(小寒)

얼어붙은 山 山 먼 山들
寒天裸木
땅에 꽁꽁 언 白雪이 원망스럽다

강추위

계속 두껍게 파고드는 엄동설한의 매서운 한기
원기 왕성한 기운을 가진 강추위가 계곡을 가두었다
차라리 해의 품속으로 들어가고 싶다

꽃샘추위 1

새벽 산중에
바람이 윙윙거리고 나뭇가지가 휘청휘청거린다
흙은 다시 언 땅으로
냇가는 얼음이 둥둥
산골 꽃샘추위에 나무들이 얼어 죽지 말아야 될 텐데……
꽃은 심한 몸살을 앓고 있는 것은 아닌지

–여한(餘寒), 꽃샘추위가 맹위를 떨치는 봄 아침에

꽃샘추위 2

산골 눈은 녹지 않는데 봄볕이 향기롭다
호연지기(浩然之氣)을 다시 품고서
장한 마음으로 봄꽃을 피우세

봄은 어느 곳에

산봉우리는 백설(白雪)인 채로 눈부시고
뜰 앞 앙상한 가지에 목이 메인 퇴색한 낙엽이 바들바들 떨고
있다
오관(五官)을 스며드는 바람이 아직은 춥다
내일이 우수(雨水)이고 보면 정녕 봄이 오는가?
심동(深冬)과 같이 춥고 침울한 산골에
헐벗은 나무들은 봄을 잊고 있는 것은 아닌지 궁금하다
무섭게 파고드는 바람에 봄이 몸부림친다

병실에서

–창밖에 바라보며 핀 난꽃에게

모처럼 느긋한 비가
풀들을 젖실제
조금 핀 난꽃이 창밖을 바라본다
이 향기로운 봄맛을
아는 이 몇이나 되나

춘화(春花)

봄을 맞는 가지마다 춘광(春光)이 가득
춘의(春意)는 같아도 춘몽(春夢)은 다른 모양
뜰 위 핀 꽃 제각기 울긋불긋

꽃샘추위 3

봄이 얼마나 씩씩하고 당당한지
봄이 와도 봄이 오지 않았다

백장암(百丈庵) 봄비

제법 굵은 비가 싫지 않다
비 오는 소리가 봄 피리처럼 들리고……
걸어온 저 들길 따라 가야 할 저 산길 따라 꽃이 필 것이고
희망도 가지마다 돋아날 것이다
백장암(百丈庵)엔 봄보다 비가 먼저 왔다

춘설(春雪), 설화(雪花)

생각지도 않는 눈, 춘설(春雪)
가지마다 핀 흰 꽃들이……
설화(雪花)는 또 다른 봄꽃은 아닌지

봄추위

깨끗한 추위이자 양광(陽光)을 품은 자비의 추위이다
움트는 수양버들, 울타리 개나리木이 노릇노릇
따스한 봄볕을 등에 지고 훈훈한 기운이……

봄, 봄

만화방창(萬化方暢), 벙거렁 山도화 핀 골짜기
똑똑한 봄, 참 고운 봄, 그대로가 그림이다

봄빗소리

빗소리가 잘 들리지 않는다
누군가 껴안으며 속삭이는 봄빗소리가
꽤 오랫동안 밤늦게까지 계속되었다

花無十日紅

갑자기 온 봄, 만나자 마자 헤어지는 꽃
花無十日紅, 열흘도 못사는 꽃의 수명
잠깐 왔다 가는 여우비, 내 시간이 반나절도 안 되는 人生

유리창에 핀 철쭉

유리창에 철쭉이 붉게 비추었다
세속의 물건 우에 철쭉이 피어났다
뻘 속에 피어난 연잎처럼……

사람이 죽어 별이 됨

산이 저문다
진달래빛 노을이 진다
산 위에는 바람과 구름만을 남긴 채……

봉우리에 부는 바람은
구름을 자취도 없이 흩어버리고
숲길사이로
흐느껴 우는 시냇물소리도 들리고

어느새
밤하늘에는
별이 돋아난다

나의 길/님의 길

그렇고 그런 인생
낙심한 적이 몇 번이요
아옹다옹 사는 세상
지새던 밤이 며칠이요
그 무엇을 원했던가
또 무엇을 얻었던가
구름처럼 떠돌아 다니는 것이다
물처럼 덧없이 흘러가는 것이다
더 늙기 전에 나의 길을 찾아가자
오늘부터 님의 길을 따라가자

병(病)

병이 들었습니다
사랑의 불치병이 들었습니다
세상 어떤 의사도 이 병을 고칠 수 없습니다
오직 당신만이 고칠 수 있습니다

산에는

산에는 당신이 사는 집이 있습니다
그곳은 나의 마음의 고향이 있습니다
물은 외롭고 무심하게 흘러가고 있습니다
나의 마음도 외롭고 무심하게 흘러가고 있습니다
내가 죽어도 산은 남습니다
산이 없어도 당신은 영원한 것입니다

비를 슬퍼함

산이 비에 젖는다
가랑비에 새 옷이 젖는다
나는 비를 슬퍼한다
멀리 떠나간 옛님을 그리워한다

山이라면

신선은 간 곳이 없고
기암절벽 바위만 남기고
주인은 보이질 않고
가지마다 봄빛이 푸르다

봄 호수 위로 아침안개가 피어나고
푸른 언덕은 아지랑이의 꿈을 꾼다

山이라면
언제라도 늙지 않을 테요
山이라면
언제라도 늙어도 좋을 테요

영산홍

나뭇가지에 수천 마리 주홍나비가 붙어있는 듯한 꽃

봄, 봄, 봄

봄

봄산

봄눈이 녹아

계곡마다 봄물이 넘치네

늦봄, 초여름

잔정(殘情)처럼 남은 몇 이파리 목련꽃
무성한 푸른 잎 속에 영산홍이 붉다
신록보다 초록이 좋고 흰색보다는
붉은 꽃과 친해지는
늦봄 초여름

조팝꽃

밤꽃, 튀밥, 흰 솜, 어머니 마른 손길
양지 봄 다투어 피는 꽃
푸른 바다에 흰 포말 같은 꽃
푸른 뜰에 출렁이는 파도 같은 흰 물결

철쭉 핀 오후

산비탈엔 철쭉이 활짝 웃고
은실 같은 물이 산 아래로 기어간다
꽃그늘엔 나비가 숨을 쉬고
누워있는 돌이 흰구름을 바라본다

산에서 나는 소리

산에서 나는 소리
어디서 들려오는 님의 음성인가
봄눈 녹이는 소리
봄물 넘치는 소리
님의 소리 같아
다람쥐도 귀를 쫑긋 세우고
님의 얼굴 같아
흰구름은 산을 서성거린다

찔레꽃

엄마가 생각나는, 늦봄 첫여름에 피는 찔레꽃
해 저무는 어둑어둑한 둑길에서 만난 하얀 찔레꽃

아! 지리산

운무와 빛의 각도 그리고 그 강약에 따라 시시각각 변하는 산
봄에는 꽃의 창고, 미의 떼거리
여름엔 신록의 바다,
가을엔 단풍의 시위,
겨울엔 눈의 천국,
밤과 낮, 인간의 팔만사천의 번뇌에 따라 각양각색의 산의 용모는
제각각 중생들의 모습 따라 다른 모습으로 나투시는 부처님의 용
안과 같습니다
아니 지리산은 부처님의 나라가 아닐까 생각이 듭니다

春日

낮 졸음에 밀려올 제
노란 나비
유리벽에 앉고
책에도 앉는다

해당화

작열하는 태양 아래
너의 친구 꽃은 다 지고 없는데
홀로 남은 해당화여
찌는 듯한 백사장에
시름 많은 세상에 무슨 이유로
홀로 붉은 해당화여

죽음

아무리 위대한 사람도 반드시 죽는다
죽음은 이미 삶의 시작부터 필연적으로 시한폭탄을 안고서
살아가고 있다
어쩌면 우리 모두는 시한부 인생 아니 사형수인지도 모른다
누군가 언제 달려와 죽음을 요구하면 갈 수밖에 없지 않는가?
십 세의 미소년으로 가느냐
아니면 구십의 늙은 노인으로 가느냐 차이만 있을 뿐이지
아니 무한을 회전하는 시간의 수레바퀴 관점에서 보면
간일발의 차이일 뿐일지도 모른다
아무튼 그 누구도 거역할 수없이 정해진 시간에
가야 하는 것은 같은 것이다
광대한 우주에 몇 백만 광년의 별빛을 관측하고 수세기 걸쳐 만드는
화려한 예술작품과 거창한 왕국들과 비교해 볼 때
백 년도 안 되는 우리의 인생은 초라하고 허망할 뿐이다
하지만 죽음은 강한 것이다
어떻게 사는가는 바로 어떻게 죽는가의 해답과 같은 것이 아닌가?
겨우내 죽은 줄만 알았던 쇠잔은 매화가

봄볕을 받아 꽃잎과 꽃대가 고운 향기로 진동한다
어떻게 사는 것이 옳은 것인가
발라야 한다
어떻게 사는 것이 옳은 것인가
아름다워야 한다
인생은 그날 그날을 살아가는 것이다
그래서 지금 중요하다는 것이 아닌가
후회 없이 산다는 것은 무엇인가
본래 내 것은 없었다
본래 내 길은 없었다
본래 내 삶은 없었다

深山

江
江을 건너면
江村이 보이고

山
山을 넘으면
深山을 만난다

푸른숲 검은바위 붉은꽃 하얀구름
색깔은 다르지만 아름다움은 한 가지
자연과 벗이 되어
철없는 어린애처럼 마냥 걸어간다
다리가 아프도록 걸어간다

보이는 것이 다 靑山이로다
보이는 것이 다 하늘이로다

별 1

무수한 초록별들
창문을 열고 별빛을 맞이한다

별이 잔치하는 밤
풀벌레소리 취해가는 밤

별 2

어둠이 밝음을 품고
어둠이 밝음을 토해낸다

어둠의 아가리 속에서 별이 툭툭 튀어나온다

별 3

참 먼 멀리 있기에 가깝다고 여기고
갈수 없기에 오랫동안 보게 되나 보다
별이 많은 밤은 잠이 잘 오지 않는다
창문을 열어 별빛을 끌어들인다

백련(白蓮) 1

진흙 속에 핀 흰 연꽃처럼
지옥 같은 세상에 사는 참인간이 되자

백련(白蓮) 2

여름물에 핀 수련의 가려(佳麗)
꽃은 붉지만 연꽃은 홍련보다는 백련이 나은 것 같네

여름달

달은 모성(母性)의 빛을 가지고 있다
달은 언제든지 친근하게 다가가 함께 할 수 있는 존재이다
더운 여름밤
서늘하게 식혀줄 달을 바라보며
모성애(母性愛)를 느껴봄은 어떤지……

승무(僧舞)

큰 기와지붕이 엎드린다
호접(胡蝶), 나비가 되어 열두 굽이 곡면을 따라 춤을 춘다
휘어 감긴 소매 끝에 하늘이 넓고
홑꽃이 모여 겹꽃이 되는구나

가야금

명주실로 만든 기이한 악기
구르는 이슬방울 같기도 하고 흰 긴 천에 휘날리는
구름과 같아라

실에도 생명(生命)이 있고 오동나무에
기인(奇人)이 사는 것 같다
청산에서 옛 달을 보는 듯 오동나무에
숨겨둔 얘기가 흘러나오고
열두 실이 열두 굽이 시냇물로 흐른다

종

5백만 근의 에밀레종
내공을 파고 드는 심종(心鐘)
하늘에 타고 내려와 법계에 전파해 주신 것
그윽한 종소리 서라벌 잠든 중생을 깨우니
갸륵한 그 목소리 오늘에 법화(法花)로 화현(化現)될 듯

어머니

어머니는 그리움이다

고운 뫼를 바라본다

고운 빛
고운 뫼를 바라본다
숲은 겹겹이 쌓인 푸른 기와지붕

먼 산은 첩첩(疊疊)하고
앞산은 청산(靑山)이라

숲 틈새에 바위가 끼워져 있다
아무리 보아도 싫지 않는
푸른 숲이 우거진 푸른 뫼

유월

비로 눅눅하다
다시 유월이 지나간다
바람 속에 아름다운 풀벌레소리
돌부리 부딪히며 울리는 물소리
아침산사에서 듣는 청아한 쇠소리, 풍경소리
우리가 어떻게 살든 세월은 소리 없이 흘러간다

산비 1

돌
구름
산비에 젖어가는 滿山綠葉
구슬비
수정안개
고요한 疊疊山中 뻐꾸기 소리

여름날 매미소리

바위에 스며드는 참 매미소리
비루나무 꼭대기에 울어대는 매미
곤한 낮잠을 자고 깬 아기매미가
무더위에 칭얼거리며 자꾸 보챈다

산비 2

산에 비가 내리니
빗소리가 바람소리 같고 바람소리가 빗소리 같네

처서

쇠잔한 매미소리
다시 매미가 울었다

추색(秋色)
가을물 그리고 빛나는 갈잎

신선대에서

바위가 바위를 이고
바위가 바위를 업는다
바위가 바위를 기대고
바위가 바위를 껴안는다
바위가 꽃이 되고 신선(神仙) 되는……
여기가 신선대입니다

시 문학지 발간을 즈음하여

달빛이 그을면 이끼가 되고
녹음이 묵으면 낙엽이 되고
고통이 다하면 시가 된다
노을빛을 안고서 유유히 흐르는 저 강물처럼
悲歌속에 찬란히 빛나는 우리네 인생
秋風이 낙엽을 다 쓸고 간 빈자리에
어두운 밤하늘에 빛나는 영롱한 별들처럼
우리들의 시마저 없다면 얼마나 쓸쓸할까

秋山如秋色
끝없이 높은 하늘에 白雲들이 보이고
白雲과 더불어 진홍빛 노을이 통곡한다

신록과 낙엽

신록, 새맑음이 돋고
낙엽, 그 덧없음이 우리를 행복하게 한다

가을꽃

바람은 차기만 한데
뭉게구름은
백화(白花)처럼 피어나고
굳게 닫힌 싸리문
갓 핀 코스모스, 날개짓이 아직 서툴다
한낮에도 가을꽃이 핀다

구름

–저녁놀에 홀로 취해 춤추는 흰구름에게

천왕봉
높은 하늘
허공을 휘어 감는 춤사위
구름춤
하늘춤
하늘을 곱게 물든 저녁놀
구름꽃
하늘꽃

가을 언덕

갈잎 옆 해오라기 가을 물은 맑고
흰구름 푸른 하늘 그림같이 곱다
푸른 언덕에
홀로
누워
꽃을 찾는
호접(胡蝶)의 꿈을 꾸리라

고향

青天
향토길
百里물길
그리운 고향

낙엽(落葉)

낙엽(落葉)
나무의 눈물
슬픈 가을처럼 낙엽은 땅위에 떨어지고
아씨눈물처럼 빗물은 낙엽을 적신다

山 山 가을山

山
저녁놀이 타고
아침이슬이 기운을 차리는 곳
山
죄 없는 짐승
말없는 꽃들이 함께 사는 곳
가을山
빨강, 노랑, 초록
그리고 푸른 하늘
나의 마음에는 깊은 山이 있다

인생이 짧다

언덕에는 바람이 불고
저녁놀은 장작을 태우고 남은 숯불과 같다
떠나가는 구름은 돌아오지 않고
어두워진 하늘은 다시는 밝아지지 않는다
아! 하루해가 짧다
인생이 너무 짧다 그 무슨 일을 하기에……
벌써
언덕에는 벌레가 운다

소요산 단풍

산골에 숨어사는 부끄럼 많은 처녀의 얼굴처럼
불그스레한 단풍이
산을 정화시킨다
능금이 익어가듯 붉은 꽃물을 물들 듯
어느 깊은 산골에 은은한 종소리가 퍼져가듯
단풍도 그렇게……

紅山 그리고 단풍 1

산은 산이 아니고 紅山이었다
계곡은 마치 새색시가 붉은 치마를 입고서 걷다
어느새 얼굴마저
불그스레한 단풍이 되어 버렸다
산은 아니 저 나무들은 아름다움을 어디다
꼭꼭 숨겨놓고 지금에야
저렇게 화려한 진수성찬을 만들어 놓았을까
붉은 단풍만 있는 것은 아니었다
노랗고 푸르고 낙엽마저도 단풍이 되어버린……
나도
어느새
나의 팔은 단풍줄기가 되고
나의 다리는 단풍나무가 되고
나의 마음까지도 혼자 아니 산과 자연과 더불어 붉어 버렸다

산이 깊어질수록
단풍은 붉어지고 단풍에 취해간다
점점
티끌 같은 세상을
부질없이 바쁜 세상을
돌아가기 싫어진다
이대로
신선이 되어 학이 되어 춤추고 단풍에 흠뻑 적셔볼까?

옛 선인들은
물로써 몸과 마음을 깨끗이 씻어 낸다 하지만
나는
오늘
오색단풍, 햇살에 어우러진 무지개빛 단풍으로
홍진에 묻은 때를 말끔히 씻을 수 있을 것을 믿어본다

紅山 그리고 단풍 2

구름이 걷히니
세상은 紅潮 띤 단풍이었다
시냇물마저도 붉은 빛을 안고 흐르고 있었다
明鏡臺
깊은 물속
그대로 단풍산, 단풍바다이었다
사람들은
'이보다 더 고운 단풍을 본 적이 없다'며
연신 기뻐하고 감탄하였다

紅山 그리고 단풍 3

몸에서는 붉은 물이 줄줄 흐르고
팔에서는 단풍잎이 뚝뚝 떨어진다
꽃이 없는 채로 찬란한 꽃이었고
꽃이 아닌 채로 꽃보다 아름다웠다

가도 가도
실오라기 한 올 허용하지 않는 단풍터널이었다
丹繡江山
明鏡止水
시인들은 늦봄에 죽기를 원한다고 하지만
紅山 그리고 단풍이 봄꽃보다 못함이 없으리라

紅山 그리고 단풍 4

처녀의 살결 같은 고운 단풍잎을 바라본다
꽃, 단풍 그리고 좋은 인연
그들 모두가 너무 짧음을 스스로 한탄한다
그래도
세상의 부귀영화를 잊어버리고
잠시라도 신선이 될 수 있음에 만족 하리라

紅山 그리고 단풍 5

붉은 단풍이 반가운 낯을 가린다
단풍은 단풍일 뿐이고
꽃은 꽃일 뿐이로다
단풍이 눈물도 주고
웃음도 주는 것이다
하늘은 끝없이 푸르고
햇빛마저도 찬란하다

가을

(1)

계곡마다 단풍으로 가을이 익어가고

집집마다 밥 짓는 연기로 저녁이 깊어간다

마을 앞엔 강물이 흐르고

사공은 석양에 비친 강위로 노를 젓는다

(2)

앙상한 가지에 총총히 매달린 붉은 감들

찬 가을바람에 우는 풍경소리

아이는 절 집 앞 낙엽을 쓸어 모은다

(3)

낙엽들 사이로 돌들이 보이고

비스듬히 누운 바위 옆 낙엽탑을 세우고

바람이 불어와 낙엽이 돌 시내를 메운다

(4)

짧은 한낮에 청명한 하늘

가을나무에 미끄러지는 쇠잔한 햇볕

추광(秋光)도 추색(秋色)을 닮았다

(5)

계룡산 옷자락이 시뻘겋게 물들었다
매년 보는 단풍이지만 항상 새롭다

(6)

며칠 새 낙엽이 많아졌다
단풍나무 몇 그루가 우람한 붉은 사람처럼 서있다

(7)

늙은 단풍나무 아래로
낙엽이 쌓여가고
홀로 된 반달은
떠나가는 가을을 아쉬워한다

심산(深山) 1

깊은 산 깊은 골
낙엽은 無心으로 썩어가고
바위와 낙엽 사이로
숨어서 우는
아리따운 여울물소리가 들리고……

심산(深山) 2

낙엽은 온통 누르끼리한 빛을 토해내고
떨어진 새 낙엽과 단풍이 두툼하게 쌓인다
꿈의 찌꺼기, 오그라드는 묵은 낙엽 위로
언 서리가 땅에 새싹처럼 돋아나고……
해는 점점 설핏해지고 강물은 청자빛으로 변해가네

늙은 감나무

한적한 산길
감나무에 홍시를 까치가 열심히 먹고 있다
두세 마리 더 날아와……
늙은 감나무가 남은 홍시를 까치에게 다 주고 있다

겨울산

눈 내리면 노인산(老人山)
눈 녹으면 낙엽산(落葉山)
겨울산은 길이 없다

겨울별

겨울 별이 나뭇잎을 핥는다
옥같이 부서지는 낙엽들……
가을이 깊어 겨울이 된다

산에 온 산새

이른 아침
산에서 온 산새가 운다
추운 산엔
먹을 것이 없었는지
어젯밤엔
엄마 새를 잃었는지
이른 아침
산에서 온 어린 새가 운다

이별은 만남의 시작

-2000. 8. 15. 남북 이산가족 상봉을 보고 나서

아 아!
꿈인가 생시인가
지난 사흘의 만남이……
좋은 인연은 짧다고 얘기하지만
그래도
오십 년을 기다려서 단 사흘은 너무 짧지 않습니까

옛말에
부모의 죽음을 하늘이 무너진다는 말로 비유되지만
生時의 부모와 이별은 그 무엇이라 표현해야 하나요
슬픔을 노래하는 시인은 아무 글을 짓지 못 할 것입니다
남의 불행을 말하기 좋아하는 사람도
이들의 이별 앞에서는 아무 말을 하지 못 할 것입니다

일 년을 기다려야 단 하루를 만나는
견우와 직녀도 또 어찌 기다리나 하며
오작교(烏鵲橋)에서
눈물로 헤어지는데
기약 없이 헤어지는 이들은
그 누구를 붙잡고 하소연 해야하나요
그 무엇을 향하여 원망을 해야하나요

서로
바라볼 뿐
아무런 말을 하지 않습니다
하고 싶은 말을 하지 않습니다

이 원통함을
그 무슨 말로 위로해야 하나요
그 어떤 것으로 보상할 수 있나요

痛哭할 뿐입니다

그러나
만남이 이별을 전제로 하였다면
이별 또한 만남을 전제로 하는 것입니다
이산(離散)의 아픔 속에는 이별은 없는 것입니다
죽도록 못 잊는 사람에게는 영원한 이별은 없는 것입니다
그러므로
이별은 이별이 아니며
만남을 위한 새로운 시작인 것입니다

숙모님 靈前에 엎드려 哭하나이다

아!
원통한 인생이여
고통 많은 삶이여
밤새 눈이 내리고
밤새 사람이 죽었다
티끌 같은 세상을
말도 많은 세상을
오늘아침 한 사람이 떠나갔다

哭하나이다
哭하나이다
이 어린조카
숙모님 靈前에 엎드려
大聲痛哭 하나이다
백년을 살아도 부족하거늘
눈물과 한숨 속에
채 오십도 못 사시고 떠나시는
숙모님 靈前에 엎드려
大聲痛哭 하나이다
그 무슨 怨이 있사옵니까

그 무슨 恨이 있사옵니까
이 어린 조카
모두 다 풀어 오리다
모두 다 풀어 오리다

어느덧
숙모님 얼굴에는 모든 怨恨은 사라지고
평안한 聖子의 얼굴로 다시 태어난다
그리고
칠흑 같은 어둠속에서
東天이 밝아온다
흰 산은 아침햇살에 눈부시게 빛나고
눈 내린 가지마다 꽃이 아닌 것이 없도다
까치는 눈이 왔다고 즐거워하고
검은 구름은 은백색 눈가루를 날린다

겨울산사

눈 속에서 조잘거리는 수정개울물
이따금씩 바람에 우는 풍경소리
인적 없는 절 마당에 탑 그림자가 보이고
산 너머로 흰구름이 나고 죽는다

설화(雪花)

치자꽃을 닮은 설화(雪花)는
산골 꾀꼬리 소리처럼 사람의 마음을 움직인다

산속에서 1

퇴색된 현판 위로 퍼지는 노을빛이 古色을 더하고
흩어진 구름 위에 붉은 고기 비늘으로 彩色되어져 있다

바람과 구름은 산위의 낙엽처럼 얌전하고
적게 흐르는 물이 붉은 이끼 위로 미끄럼을 탄다

어디선가 허공을 날아드는 산새 한마리가
외로운 나그네의 벗이 된다

산속에서 2

먼 산은 구름과 안개가 뒤엉켜져 있고
하늘은 계집의 마음처럼 변덕이 심하다

큰 바위, 늙은 바위 깊은 낙엽바다를 이루고
낙엽 채워진 소(沼) 고인 물 맑은 거울과 같다

굳게 닫힌 집 굴뚝연기가 가랑비에 젖는다

秋日

오늘은 온종일 바람이 울었다
잎이 지면서 나무는 야윈다
산에 낙엽을 채우니 산길은 없다
비껴 누운 돌비탈 위로 낙엽이 흐른다

추운 날

山이마
비치는 햇빛은
씻은 듯이 맑고
얼어붙은 바위틈새
흐르는 여울물은
급하기도 하여라

단풍이 진 나무 1

冊을 읽다
밖을 보니
단풍은 다 진
빈 나뭇가지 사이로
가을하늘이 보이네

단풍이 진 나무 2

비가 그쳐
밖을 보니
단풍이 다 진
빈 나뭇가지 사이로
초승달이 떠 있네

눈, 사슴

흰눈
붉은 숲
눈 내린 아침이 즐거운 산새
산책 나온 사슴은 흰눈에 눈을 씻는다

새소리

숲이 말하는 소리이다
산이 코고는 소리이다

晩秋 1

낙엽이 지고 나니 나무는 춥다
해가 지고 나니 산길은 어둡다
빈 나뭇가지에 달이 걸리고
먼 산에 들려오는 풍경소리

晩秋 2

흐느껴 우는 시냇물소리
석양에 물든 바위들

해질녘

산이 붉다
구름이 더욱 붉다
놀에 젖은 뭉게구름, 황금 수레바퀴 같은 해

오후

코스모스 꽃잎보다
얇은 구름 아래
낡은 돌담집 앞에
해바라기가
낮잠을
졸고 있네

한등(寒燈)

창밖은 해일처럼 밤눈이 흩날리고
얼음처럼 굳어진 찬 빛은
몸부림치는 눈발을 비춘다
백발(白髮)처럼 희어지는 한등(寒燈)
나의 마음도 흰눈이 덮어지고……

지리한 산길

추위가 때문인지 눈이 잘 녹지 않는다
지리한 눈길에 배가 고파 올 때쯤
점심 공양으로 허옇게 눈이 날리고
나무엔 다시 어여쁜 눈꽃이 핀다

나무 1

어쩜 저렇게 푸를 수 있을까
어느 시인의 말대로 다시 태어나면 나무가 되고 싶다

나무 2

빈방에 책이 수북이 쌓여있다
책을 팔아 나무를 사야겠다

나무는 꽃이 피고 잎이 돋고 열매를 맺기 때문이다

가을

산비둘기 구구구구……
하늘은 높고 구름은 얇고 가늘어진다.
자주빛 주황색(朱黃色) 꽃이 영글고……
붓 가는 대로 그릴 수 있는 가을이 좋다

가을, 백일홍

뜰엔 백일홍나무
뜨락엔 백일홍 꽃
적막한 뜰에 붉은 우박처럼 떨어진 꽃잎
호젓하고 처연히 누워있는 빛깔들
가을볕에 희게 시들어가는 꽃 이파리
저 홀로 피었다가 지는 꽃잎
물소리 같고 바람소리 같고……

설효(雪曉)

그립고 보고픈 것이 순백(純白)의 눈으로 내리고
부끄럼 많고 미소 많은 여인이 금세 나와 종을 칠 것 같은
아름답고 고요한 새벽

달

요조(窈窕)한 꽃같이 돋는 초승달
달빛이 어리고 순수하다
계수나무 거리에서 귀남귀녀(貴男貴女)가 만나는 보름달
달빛이 젊고 생기도 넘치다
늙은 토끼와 쓸쓸한 두꺼비가 사는 그믐달
달빛은 맑으나 기력은 쇠하다

비 내리는 겨울들녘

미풍(微風)은 엷은 미소와 같고
산안개는 자욱한 연기와 같다
아침비 내리는 겨울들녘에
자취도 없이 흰눈이 녹는다

겨울, 저녁놀

시린 하늘에
3평 남짓 장미꽃밭을 연출하는 저녁놀
겨울강물소리도 호젓하다

불탄(佛誕)

부처님 나심은
온 누리에 빛이시라
너와 나 모두 빛이 되려니
크나크신 은혜 그 무엇으로 갚으랴

부처님 나심은
중생들에 복됨이라
너와 나 모두 부처되려니
크나크신 은혜 그 무엇으로 갚으랴

생일(生日)

부모 없는 자식 없듯이
스승 없는 제자 없더라
어버이는 한생의 사랑이시고
스승은 수만 겁의 사랑이시라
오늘은 부처님가피로 내가 태어난 날
내가 나에게 한없이 축하를 보낸다

동시

봄

봄아가씨
봄아가씨
산수유꽃 노랗게 울어요
산철축꽃 하얗게 웃어요

햇살아씨
햇살아씨
꽃 속에서 나비가 잠자요
꽃 사이로 나비가 춤춰요

어린이

웃어보자 피어나는 꽃처럼

노래하자 재잘대는 새처럼

우리는 파릇파릇 돋아난 새싹들이다

우리는 근심 없이 자라는 나무들이다

나비

나비야 나비야

꽃이 아니면 어때

풀잎에 앉아 물소리 듣자구나

나비야 나비야

꽃이 아니면 어때

바위에 앉아 여름산 보자구나

봄비

톡탁톡탁 창문 두드리는 소리
톡탁톡탁 비가 온데요
톡탁톡탁 문 두드리는 소리
톡탁톡탁 빨리 나와 놀자한데요

봄비로
나의모습 깨끗이 씻어
햇님이 나오면
많이많이 자랑할래요

수필

설날 아침에

설을 쉰다.
설은 '서럽다'의 뜻에서 유래되었다는 말이 있다. 세월이 감을 서러워해야 할 나이에 설은 그리 달갑지 않다. 유한한 시간 속에 살아가는 인간은 누구나 어차피 죽음이라는 것을 한번은 맞닿아야 한다.

요즘 들어 세월이 어찌나 빠른지 모를 일이다.
설을 쉰다, 설을 쉰다는 것은 점점 쇠약해간다는 뜻처럼 자꾸 들린다. 옛 시인의 말에 '내일이 있다고 오늘을 헛되이 보내지 마라' 새길수록 좋은 말처럼 들리는 설 아침이다.

설 아침부터 남루하고 초라한 대지에 자비의 빛을 가진 눈이 내린다. 새싹이 돋아나듯 새날의 빛이 밝아오는 기분이다.

저녁놀

몇 점 구름을 붉게 물들인다.

백일홍같이 복사꽃같이 만개된 저녁놀이 질 때면 한참을 계룡산 하늘을 바라본다.

수레바퀴 같은 해가 서편 산마루에 걸쳐있고 붉은 꽃이 많은 봄, 저녁놀은 바라볼수록 더 아름답다.

구름도 없는 텅 빈 하늘의 놀빛은 핏빛보다 더 붉고 수줍은 아낙네 얼굴보다 더 부끄럽다. 사색과 철학을 더 몰두하고 강한 여운을 남긴다.
어둠 속에서 숯불처럼 은은히 타다가 작은 불씨는 흔적도 없이 사라진다. 장미보다 더 붉고 호박보다 더 누런 놀을 나는 저녁어스름에 기다린다.

미인폭포

가시덤불 사이로 은은하고 우렁차게 들리는 물소리가 있었다. 곡조는 없는 듯 하나 한결같이 흐르는 물소리는 분명 가락임이 틀림없었다.
태고, 수풀을 헤치고 좁은 길을 걸어서 가보니 한복을 입은 여인의 용모 같은 폭포에 옷고름 같은 물줄기가 내려오고 있었다.

'미인폭포'
폭포도 꽃처럼 미인이 되는구나!
꽃은 미인박명처럼 수명이 짧지만 폭포는 사계절 그 아름다움을 마음껏 볼 수 있다. 폭포 상반에는 여름이라 물도 많고 겹겹이 쌓인 잎들로 녹음이 보이고 언뜻 언뜻 보이는 이팝꽃 조팝꽃이 여름에 보는 눈꽃처럼 아름다웠다.

소백산

껍질과 속살까지 붉은 주목(朱木), 숲이 없는 곳은 야생화 정원이었다.
그리움이 사랑일까, 그리움은 꽃일까. 추운 겨울에 나무는 살 수 없어 풀과 꽃이 함께 사는 평원의 산 연화봉 비로봉에 불이 난 흰 연기 같은 구름이 뒤덮어서 봉우리는 점점 사라지고 볼 수가 없다.

이제 초원, 산꽃 그리고 구름과 벗이 되어야 한다.
하늘에는 별이 있고, 산에는 별처럼 빛나는 무수한 꽃이 있다.
풀도 꽃이고 신록도 꽃이다. 그래서 산은 그 자체가 꽃이며 사랑이며 아니 일종의 신앙일지도 모른다.

원시림을 지나면서 어릴 적 어머니의 생각이 밀물처럼 주마등처럼 밀려온다. 있는 그대로 좋은 곳, 그냥 머물고 싶은 곳, 바로 그것이 자연이라고 생각이 든다.

마을 어귀 익어가는 능금과 배 밭을 지나면서 다시 돌아가고 싶은 산 소백산을 바라본다. 서편 하늘엔 맑은 노을이 한줌 남아 있고, 돌담 외길 한 모퉁이 붉은 신호등 같은 외등 불빛이 켜진다.

어느새 나는 시골버스 낡은 엔진소리가 요란한 곳으로 끌려가고 있었다.

두견새

가끔씩 두견새소리를 듣는다.
저녁어스름부터 밤으로 이어져 새벽까지 두견새가 운다.
어느 새들은 노래를 부르거나 즐겁거나 가끔은 웃는다는 표현이 있지만 두견새는 운다는 표현이 맞는 것 같다.
그것도 절절이 울고 피를 토하고 울기까지 한다.

홀로 지새우며 남몰래 우는 과부를 닮았을까.
고통 받은 시인들에게 시상을 제공하기 위해 우는 것일까.

오늘밤도 두견새는 운다.

초가집

얼마 전, 등산길 초입에 있는 조그만 초가집 한 채가 사라지고 2층 고급주택으로 지어졌다. 터벅머리 쓴 청년의 모자보다 조금 큰 높이정도의 초가지붕은 왠지 정답다.

초가집은 집이기보다는 자연의 일부이라 할 수 있으며, 옹기종기 이루고 사는 초가마을은 어미닭 품처럼 따사롭다. 자연경관을 하나도 흩트리지 않고 지어진 집 바로 초가집이 아닌가 생각이 든다.

초가집이 사라지는 것은 우리들 맘속에 또 다른 자연이 하나가 없어지는 것과 같은 것이다.

비

예기치 않는 비가 온다.
귀찮고 때로는 우울한 비이지만 때로는 좋은 기회가 잡을 수도 있습니다. 비 온 뒤에 무지개가 있을 것을 누가 생각하리요.

비 때문에 생긴 어느 고독한 양치기의 아름다운 사랑이야기, 알퐁스 도데 '별'이라든가. 비 오는 날이 오히려 님을 만날 수 있는 좋은 기회라 여기는 만해 선생의 시 '비'처럼 우산도 없는 지금, 갑자기 내리는 소나기를 피할 방법은 없을까. 아니 좋은 기회를 잡을 수 없을까. 위기가 호기인 것처럼……

화엄사 매미

지리산 화엄사.
기와지붕 뒤 칸 푸른 매미들이 초여름을 알린다.
가을을 기다려 우는 귀뚜라미와 같이 매미도 여름을 기다려 초여름에 시원하게 시작하여 처서 후엔 매미소리도 점점 늙어간다.

대낮 소낙비 후의 백모란 뭉게구름 같은 여름매미, 화엄사 매미여.

책

비오는 날은 한적한 편이다.
간송미술관에 보관된 추사의 필체는 조선의 묵체에 최고봉이 아닌가. 글씨로 그 사람을 평가했던 옛날. 지금은 컴퓨터가 생겨서 글씨를 보고도 누구인지 알아채지 못하게 되었다.

흔히들 외면도 중요하지만 내면 그것도 진심이 무엇인지 궁금해 한다.
그 사람이 진짜 어떤 마음을 가진 사람인지를 알고 싶어 한다.

옛날, 나의 벗이었던 모 씨가 책을 보고서 호되게 꾸짖는 것을 보았다. 나는 당황하지 않을 수 없었다. 생전에 일면식도 없는 사람에게 저렇게 함부로 말할 수 있을까. 그것도 죽고 없는 분을 두고 말이다. 한마디로 신선한 충격이었다.

"책은 거짓말을 하지 못 한다. 그것도 책은 그 사람 자체이다. 책 하나로만 진심을 알 수 있다."고 말하였다. 오래전에 잘 몰랐을 때 일이었다. 하지만 불행히도 전부가 사실이었다.

책에 거짓을 숨기는 자체가 얼마나 어리석은 일인가. 장맛비가 오는 적적한 날 이따금씩 숲에서 나는 여름 새소리가 들으며 책으로 좋은 벗도 만나고 더불어 그의 내면세계가 얼마나 바르고 아름다운지 아는 것도 과히 나쁘지 않으리라.

종소리

에밀레종을 두고 과거에도 없었고 미래에도 없을 종소리라 극찬한 유홍준 교수. 만해 선생은 종소리 없는 종과 사랑을 주어도 별 반응 없는 사람을 동일시했다.

절간 종소리, 교회당 낮종소리, 시골학교 종소리, 그리고 새벽 두부장수의 손종소리…… 연말이면 어김없이 구세군의 손종소리는 불우한 이웃에게 따뜻함을 전한다.

옛날에는 아름다운 종소리가 많았다. 지금은 사라져 가고 있다.

낙안(落雁)

낙안(落雁) 미인이라고 지칭되는데, 어느 여인의 슬픈 피파소리를 듣고 기러기가 날아가는 길을 잠시 멈추고 땅에 떨어졌다고 한다. 땅에 떨어진 기러기를 가리켜 미인이라 불렀다고 전해진다.

본래 천상의 물건인 꽃도 생명을 받아 지옥의 땅에서 거룩하니 이 또한 미인이 아닌가.

나비야 청산가자

저녁 담 나비 떼가 산길을 가로막았다.

나비야 청산 가자
범나비 너도 가자
가다가 날 저물거든 꽃에 들어 자고 가자
꽃이 푸대접하거든 잎에서나 자고 가자

–고려가요 '나비야 청산 가자' 중에서

달 없으면 나와 함께 자고, 별 없으면 님을 그리워하자.

청산별곡(靑山別曲)

살어리 살어리랏다 청산(靑山)에 살어리랏다
머루랑 달래랑먹고 청산(靑山)에 살어리랏다
얄리얄리 얄라셩 얄라리 얄리

길가다가 혼자 무심코 흥얼거리는 시, 고려가요에 나오는 청산별곡(靑山別曲)의 일부이다.

나는 여름산이 좋다. 여름산은 바로 청산(靑山)이기 때문이다.

연꽃

육당 최남선의 화하만필(花下漫筆)에 보면 "연(蓮)은 본래 인도 산으로 불교에 관계가 깊은 관계를 가진 꽃으로 중국에 들어와서는 불교를 떠나 아주 현세화가 된 꽃이다"라고 기술되었다.

중국에서는 특히 오나라에서 연꽃을 따는 처자를 오희월녀(吳姬越女)라 하여 칭송하였다고 전해지는 것을 보면, 사실 연꽃은 어떤 종교적인 것을 떠나 아름다운 꽃임에 틀림없다.

모란의 화려함을 지닌 왕의 기품보다는 진흙탕물 속에서 허우적거리는 사바세계 중생을 위해 태어난 꽃이라고 불교에서 강조하지만 참인간 참사랑 더 나아가 참생명을 강조하는 현실에 가까운 상징이라 볼 수 있다.

"진정한 시는 자기희생에서 쓰여지는 것이다. 자기를 위해 쓴 것이 아니고 남을 위해 쓴 것이다. 사랑의 힘으로 극복되는 것이다. 외기러기도 없는 가을하늘에 밀려오는 쾌락이며, 작은 새도 없는 사막에 문득 찾아온 벗이며, 슬프고 모순된 현실 속에 인격이 완성된 참인간 되기 위함이고 더 나아가 세속을 떠나 신선이 되기 위함이 아닌 어렵고 힘든 현실 속에 사는 참인간 되기 위함인 것이다."

행당(杏堂)

행당(杏堂), "살구나무 많은 집"이라 지칭한다.
살구나무 아래서 공자님이 제자들을 가르쳤다는 이야기가 전해지는데, 살구꽃이 우거져 그늘이 드리우는 요즘 같은 때라고 짐작되어진다. 그런 연후인지 몰라도 옛날에 서당을 짓을 때에는 살구나무를 심었다고들 한다.

분홍보다는 연분홍 꽃이 좋은 요즘 장독 뒤 살구나무 가지에 자주빛 윤기가 흐른다.

–선선한 바람이 불어오는 사월의 살구나무 꽃그늘

배꽃

산자락이 배꽃으로 하얗다.
낙화(落花)하는 복숭아꽃을 홍우(紅雨) 혹은 붉은 우박으로 비유되며 이맘때 피는 이화(梨花), 배꽃하면 매창(梅窓)의 이화우(梨花雨)가 유명하다.

梨花雨

이화우(梨花雨) 흩날리제
울고 잡고 이별한 님
추풍낙엽도 저도 나를 생각하는지
천리에 외로운 꿈만
오락가락하노라

만우절(萬愚節), 봄

잔인한 달 사월의 첫날.
만우절이지만 꽃은 거짓말을 하지 않는다.
활짝 핀 진달래, 개나리, 앞뜰에 흰 촛불 같은 목련, 그리고 꽃눈이 붉은 철쭉, 형형색색 울긋불긋 산과 들, 그리고 물에도……

인생을 육십부터란 말이 있지만 이 말은 인생은 육십까지만 말이 아닐까. 육십이 되면 여생을 살아간다는 말이 아닐까. 그래도 육십 아니 그 이상의 나이에도 꽃을 보면 설렘이 있으니 얼마나 즐거운가.

꽃은 언제나 청춘이다.
봄, 여름, 가을, 겨울에 피는 꽃까지도 산길을 거니면서 들길을 앉아서 꽃들을 바라본다. 진달래가 산골에 덮어도 나는 언제나 혼자이다. 어차피 혼자 가는 인생 꽃과 나는 오랜 벗이 된다. 심장이 고동치는 청춘을 느낀다.

산유화

산에 산에 꽃이 피네
(중략)
산이 좋아 산에 사노라

–김소월의 「산유화」 중에서

산골 깊은 봄, 아리땁고 얌전한 꽃.
해가 저무는 산을 꽃은 하산하지 않는다.

꽃은 마음의 양식

봄꽃을 피우는 요즘, 꽃은 마음의 양식. 마치 기상도 같은 벚꽃 개화시기가 그려진 아침신문을 매일 마주하게 되고……
'꽃과 어린 왕자'
꽃은 우리들을 기쁘게 설레게 하고 결국은 어린 왕자로 만들어 버립니다.
책을 싫어하는 사람은 있어도, 꽃을 좋아하지 않는 사람은 본 적이 없습니다.

"늙은 가지에 꽃이 피고
산에 뜰에도 꽃이 피네"

책은 마음의 양식, 꽃도 마음의 양식.

봄꽃

柴下春山半雜花
봄산을 내려오는 나뭇짐에 꽃이 반이나 섞여있네.

꽃이 많은 봄산을 풍자한 글이다.

춥고 긴 겨울을 끝내고 바야흐로 꽃과 함께 새봄이 찾아왔다. 따사로운 볕을 못 이겨 산과들, 개울가, 거리마다, 집집마다 여기저기서 어여쁜 꽃망울을 터트리기 시작한다. 산수유는 이미 피었고 진달래는 꽃눈이 잔뜩 부풀었다. 양지바른 산비탈엔 복숭아꽃이 아늑한 그림 같은 풍경을 그리려 한다.
졸졸 흐르는 시냇가로 때 아닌 개망초꽃이 한창이다.

입춘(立春)

"입춘 추위는 꿔다해도 한다"라는 옛말이 있다.
한파에 산간지방의 폭설, 올해 입춘은 바로 그렇다. 그래도 진달래 나무에 갸륵하게 돋은 새순 몇 개, 긴 침묵 속에 두껍게 얼었던 얼음을 녹이며 깨어나는 강물소리 모든 이가 예찬하는 봄, 봄이 오고 있다.

대한(大寒)

허허로운 하늘에 목련나무의 빈 가지가 허공을 향해 팔을 휘젓고 있다.
동한거(冬寒居)를 지나는 겨울나무들이 봄을 맞이할 채비를 하고 있다. 대한(大寒)에 양춘(陽春)이 있다는 말이 있다.

가장 깊숙한 겨울, 얼음장 아래 들리는 물소리.

꿈틀거리는 잎사귀, 잔설(殘雪)이 녹은 자리에 푸른 싹.
추위 속에 봄이 도적처럼 살금살금 기어오고 있다.

노인의 죽음

무어라 병을 비관해서 죽는다.
빚 때문에 움치고 뛸 수 없기 때문이다.
이웃사람한테 참을 수 없는 모욕을 받았기 때문이다.
아니야, 술을 마실 수 없기 때문이다.
그것보다도 아침쌀이 없기 때문이다.

가산 이효석의 노인의 죽음에 일부이다.
모두 구구한 사연이나 알고 보면 다 똑같다. 어쩌면 우리는 비슷한 고민을 하고 같은 생각을 하며 살아가는지도 모른다. 그래서 예나 지금이나 삶도 그만그만하다.

시 1

정적의 밤.
하늘엔 총총한 별이 있고 초승달이 빈가지에 걸려있는 그리 춥지 않는 겨울밤. 추운 밤에 애절하게 울리는 찹쌀떡 장사의 소리도 없는…… 심해(深海) 같은 깊은 밤이 이어가고, 때로는 차분하게 아니 무슨 일이라도 곧 일어날 것 같은 고요한 밤이다.

이 늦은 밤에 왜 시를 쓰는가.
참 막연한 물음이다. 구차한 말로는 별 다른 것은 할 것이 없어서…… 다른 것이 할 것이 없어도 다른 일을 하면 그만이지 왜 힘들고 어려운 시를 쓰는지는 아무리 생각을 해 보아도 딱히 할 말이 없다.

초기에는 너무 고통스러워 넋두리로, 조금 알려지면서 혹 그 누가 나의 진심을 알 것 같아서 하지만 다 부질없는 짧은 생각이었다.

옛 시인이 말하기를 "시는 삶이다"에서 어느 정도의 답을 구해본다.
시는 생계수단이 아닌 그저 삶이며 화두(話頭)이고 어리석도록 그리운 맘이다.

꽃을 좋아하는 시인 1

꽃을 좋아하는 시인들은 겨울이 좀 고역이다.
그도 그를 것이 꽃이 없는 문장은 쓰기도 어렵고 표현하기도 쉽지 않기 때문이다. 그나마 매서운 한파 속에 피는 매화와 동백꽃이 있는 것이 얼마나 다행인지 모른다. 그래서 남녘의 해안선 따라 동백의 싸늘한 꽃기운에 시심을 찾아보고 매화가 핀 뜰이 있는 집을 찾거나 차라리 자신의 화단에 키워 보기도 한다. 하지만 평범한 수더분한 꽃이 많은 봄보다는 못함을 어쩔 수 없는 것도 사실이다.

꽃을 좋아하는 시인 2

꽃 때문에 봄으로 인생을 많이 허비하는 시인은 불타며 지는 저녁놀을 안타깝게 바라본다. 깊은 산 새로운 낙엽이 많이 쌓이는 그림 같은 풍경에도 마음을 빼앗기게 되고, 호젓한 흰눈이 녹지 않는 응달진 골에서 세찬바람과 매서운 추위도 결코 싫지 않으리라.

인터넷에서 1위 소설

에밀리 브론테는 어릴 적 궁핍한 아버지 아래에서 불우하였고 어머니를 세 살 때 여의고 얼마 후 두 언니마저도 사망하고 고향으로 돌아와 온갖 고초를 겪으며 학교를 들어갈 무렵 집을 돌보던 이모마저 세상을 떠나게 된다. 그리고 제인 에어를 쓴 동생인 샬럿 브론테와 함께 시집을 내지만 실패하고, 그의 처음이자 마지막 소설인 『폭풍의 언덕』은 서른 살의 나이에 요절한 에밀리 브론테가 죽기 일 년 전에 쓴 작품이라고 되어있다.

황량한 벌판 위에 외딴 호화저택에서 시작된 이야기는 자서전적인 소설로써 불우한 환경, 어떤 힘든 현실이라도 결국 '지독한 사랑' 자신의 모든 것을 다 내어주는 헌신적 사랑을 추구할 수밖에 없다는 이야기이다.
폭풍의 언덕을 부재는 '지독한 사랑'이라고들 한다.

늦가을

시월 말.
바흐의 무반주 첼로협주곡을 들으며 처량하게 우는 귀뚜라미 소리의 아련한 추억이 새삼스럽다.

이백이 봄날이라면, 늦가을은 두보의 시에 손때가 많이 묻게 된다.
오동잎이 하염없이 떨어지는 늦가을 밤.
어느 시인처럼 장미 빛처럼 곱게 피는 화로 숯불, 빨간 석류 속에서 나는 입춘 밤의 마른풀잎 냄새를 맡고 싶다. 쓸쓸한 감각이 익숙해진 늦가을, 살찐 고기가 느릿느릿 움직이고, 다알리아 꽃이 못다 피고 지는 까닭도 알고 싶다.

공룡능선

법봉과 1275고지 사이의 단풍은 어느 시인 말대로 큰 화원을 이루었다. 큰 절벽들과 공룡능선의 우람한 체격을 가진 수호병이 서 있는 듯 바라보고 있었다.
눈길 가는 곳마다 발길 닿는 곳마다 험로(險路)에는 어김없이 아름다운 자태를 가진 단풍, 붉은 단풍이 반기고 있었다. 시원하고 활기찬 물줄기 염라폭포는 신선의 세계를 전하려 급하게 내려갑니다.

오동(梧桐)

오동일엽락(梧桐一葉落).

일찍이 김삿갓은 오동잎 한 잎이 떨어진 것을 보고 가을이 온 것을 느꼈다고들 한다.

백낙천은 장안가에서 추우오동엽낙시(秋雨梧桐葉樂時) 가을비에 오동잎이 떨어질 때라고 말했다고 한다.

오동의 가지에 걸린 달은 시인에게 아름다운 시를 연상케 하고 오동을 베어서는 가야금의 몸이 되어 향기로운 소리를 낸다.

깊어가는 가을날, 과연 오동의 가치는 얼마인가.

술 익는 마을

쪽 푸른 날은 아니지만 층층이 다양한 회색으로 된 구름장. 마침 맞은 기온, 쾌감 주는 날씨다. 자고 있던 사람을 기운 나게 하고, 멀리 군데군데 밥 짓는 연기가 마을의 정취를 느낀다.

참 오랜만인 초가집 한 채도 눈에 띈다.
몇 필 황금 비단처럼 펼쳐진 들판사이로 난 구불구불 좁은 들길을 따라가다 보면 어느 시인처럼 술 익은 마을을 만날 수 있는 것 같다.

시 2

나림(那林)의 고향 하동에는 코스모스가 가산(可山)의 문학관에는 메밀꽃이 냇가에 깔려있는 돌처럼 많다. 하지만 밤하늘에 빛나는 영롱한 별처럼 우리에게 다가와 잊히지 않는 꽃처럼 기억나게 하는 문학은 그리 많지 않다.

글은 무척 많은데 쓸 만한 시어가 별로 없는 것은 말은 많은데 정작 필요한 말이 몇 개 안 되는 것과 같은 이치다. 저 작고 아름다운 별이 수백만 광년 전부터 비치는 빛을 본다는 사실을 아는가. 한 송이 꽃을 피우기 위해 봄부터 운 소쩍새의 울음소리를 들은 적이 있는가.

시인들이여, 그대들에게 묻노라.
단 한 번만이라도 진정 시인의 운명을 저주한 적이 있는가?

시인의 마음 상처는 치유 받을 수 없지만
다른 사람의 마음은 치유할 수 있다
그래서
시인의 생명은 유한하지만
그가 남긴 시는
우리들 가슴속에 오랫동안 빛날 것이다

불여귀(不如歸)

제망매가에서는 불여귀(不如歸) 불여귀(不如歸)하며 밤새 목에 피가 나도록 울었다고 전해진다.
그래서 두견새를 불여귀(不如歸)라고들 하고 돌아갈 곳이 없다는 뜻을 갔고 있는데 요 며칠 아무데도 돌아갈 곳 없는 가없는 두견새 울음소리가 들리지 않는다. 남모르는 곳에서 숨어 혼자 울고 있는지 울다 지쳐 곤한 잠을 자고 있는지는 알 수 없지만……

신나무

가을나무를 가리켜 신나무라고들 한다.
신나무는 이효석의 단편소설 '산'에도 자주 등장하곤 한다. 아리따운 단풍나무로 색깔이 변하면 색목(色木)이라고들 한다.

단풍이 수북이 쌓인 산을 바라보면 결코 죽음이나 절망을 생각하지 않는다. 저 선한 단풍나무…… 러시아 한 노 시인의 말처럼 '선한 사람만이 궁극적으로 세상을 구원할 수 있다'를 연상하곤 한다.

성북동 비둘기

성북동 메마른 골짜기에는
조용히 앉아 콩알 하나 찍어 먹을
널찍한 마당은커녕 가는 데마다
채석장 포성이 메아리쳐서
피난하듯 지붕에 올라 앉아
아침 구공탄 굴뚝 연기에서 향수를 느끼다가
산 1번지 채석장에 도로 가서
금방 따낸 돌 온기에 입을 닦는다

–김광섭의 「성북동 비둘기」 중에서

채석장 돌을 깨어 산 한쪽이 완전히 없어지고 그렇게 방치되어 조각 나 뒹구는 돌멩이들, 먼지 그리고 폐허된 곳에 다시 시멘트와 대리석으로 칠갑을 한다. 흙은 한 고물도 없는 그곳에 하늘과 산을 가리기 충분하도록 몇 십층의 빌딩을 짓는다. 언제까지 이런 짓거리를 할 것인가? 자연이 측은하지 않는가. 인간만 부귀를 누리면 그만인가?

2014년 8월 9일

(1)

더위, 송진처럼 끈끈한 몸 등은 이미 축축해졌다.
이따금 짙은 녹음엔 바람꽃이 일으키고……
침침하고 약간 지친 얼굴엔
분꽃의 분홍과 흰 색이 은은하고 소담하게 피어난다.

(2)

팔자모양의 기와지붕을 닮음 모양, 서까래에 옹색하게 이어져 눈썹천정이 보기 드문 전경이다. 명륜당에 가는 길, 대문은 굳게 닫혀있고, 수백 년 묵은 은행나무가 우람하고 짙은 녹음이 큰 그늘을 만들었다.

(3)

낙조가 하늘을 어루만지고 꽉 찬 숲엔 저녁 매미가 악기처럼 공명을 울린다.

가을은 1

구월은 청춘이 확 지나간 중후한 중년의 막 시작하는 시기이다. 팔팔하고 활기찬 여름 짙푸른 녹음은 분명 아니리라. 가벼운 꽃잎 코스모스 외로운 국화송이 흔한 흰 구절초, 아름다운 소들이 띄엄띄엄 옥을 풀어 놓은 듯……
가을은 욕심을 부리지 않고 그 누가 맑아지는 계절이라 했던가.

가을은 2

쪽빛하늘이다.
초가을 산정 마른바람에 귀를 맡긴다. 투명해지고 맑아지는 그윽한 풀벌레소리 적막한 산처럼 쓸쓸하고 아름답다.

여름이 끝난 이맘때 팔월 말부터 추석까지 전 단풍이 물들기 시작 전까지는 산은 비교적 한적함을 유지하는 편이다. 초록빛 떡갈나무 잎이 몇 잎 시들기 시작하고 그중 한 잎이 떨어진다.
낮은 풀밭엔 어린 억새풀들이 듬성듬성 보이기 시작한다. 천고마비의 계절 아니 독서의 계절 가을이 성큼성큼 다가오고 있다.

처서우(處暑雨)

귀뚜라미 등에 업고 뭉게구름을 타고 가을이 온다고 했던가. 어제 늦은 밤부터 비가 온다. 처서우(處暑雨), 처서날 비가 오면 그 해 농사를 망친다 한다. 밤이 튼실해지고 오곡이 여물어야 할 시기에 비는 반갑지 않다는 것이다. 하지만 계사(癸巳)년 긴 여름날의 무더위를 마감하는 비이기도 하다.

백로(白鷺)

이제 회초리를 때리듯 바람에도 제법이 힘이 들어있다.
며칠 전부터 창밖에 달이 두툼해지더니 백로, 오늘 달은 이슬에 씻긴 듯 맑아지는 기분이다. 두둥실 뜨는 달에 어린애처럼 마냥 설레는 맘이 생긴다.

삼척의 미인폭포

아리땁고 젊은 처자가 폭포만 바라보다 늙어서 시집을 못 갔다는 전설이 유래한 수직 붉은 벽면에 양 갈래 흰 댕기머리를 한 미인폭포. 지금도 산 아래에선 할머니처녀를 위해 제를 지낸다고 합니다.

입추(立秋) 1

대숲 매미소리 뭇바람을 따라가네.
여름의 퇴행로에 만난 가을의 입구, 입추(立秋).
어느 시인의 말대로, 보름이 되면 만월은 기울기 시작하고,
만개한 꽃은 화려함을 접고 이우기 시작한다고 했던가.

해가 중천일 때 하지라면 한 달 보름이 지난 입추시점은 오후 두 시, 절정인 여름. 힘 센 햇볕과 농익은 푸른 숲이 아직은 창창한 청춘이다. 권좌에서 스스로 물러나는, 순리를 아는 대자연, 여름이 참 위대하다.

여름에 보는 연꽃

수다스러운 여름 꽃은 별로 없다.
작고 귀여운 여럿이 모여 핀 꽃들이 앙증맞다.
여름에 보는 연꽃은 청순 그 자체이다.
진흙 속에 핀 꽃이, 지옥 같은 세상에 사는 참인간이 진정 깨끗하다는 말인가.
비에 촉촉이 맞는 노랑어리 연꽃은 재래연꽃이다.

쾌청하지 않는 여름밤

구름이 많다는 여름.
아침나절 구름이 잔뜩 찌푸린 날이 오후에도 쾌청하지 않다.
서늘한 저녁이건만 구름은 벗어지지 않아 초승달 사이로 나오는 별은 볼 수 없는 듯하네.

어느 시인 말대로 달빛이 너무도 밝아 잠이 오지 않는다는 밤도 아니다.

하지(夏至)

하지(夏至)는 여름에 이르렀다는 말로, 본격 여름이 시작된다는 의미가 있는 듯하다. 여름의 최고 간식꺼리는 허기를 채우는 감자와 더위를 달래는 수박이 있다.

지금은 잊혔지만 옛 풍속엔 하지감자라 하여 모내기할 논에 심어둔 감자를 하지(夏至)무렵에 캐어내어 하지감자와 수박을 먹었다는 말이 전해진다.
하지날 첫 매미가 운다.

장마

언뜻언뜻 열리는 하늘 반쯤 흐린 날.
다시 비를 머금은 구름장이 하늘을 오락가락. 오후엔 새털구름이 어디로 날아갈 듯 쾌청하다. 울밑 삼밭에는 오이냄새가 풍기고 사과꽃이 터키보석을 닮은 흰눈처럼 찬란하다.

어머니가 보고 싶을 때면 장마이다.
내일부터 장맛비에 어머니가 많이 그리워지겠지.

채송화

꽃의 전설이 되어버린 채송화.
옛날 어떤 왕이 보석을 보다가 작은 꽃이 된 채송화 무더기로 필적엔 밝고 화려하여 어두운 구석이 없어 빛나는 보석 같고 점점 사라지는 꽃이 추억처럼 귀하다.

맑은 종소리가 날 것 같은 고요한 아침.
어린 왕자의 맘을 가진 고운 꽃, 여름빛과 색깔을 변화시켜줄 그 꽃을 만나고 싶다.

자연은

어제는 맑은 날 오늘은 잿빛하늘.
세상은 흐린 날이 있지만 자연에는 흐린 날이 없다. 흐리면 흐린 대로 맑으면 맑은 대로, 봄가을이면 봄가을인대로 시시각각 아름답게 변화할 뿐이다.
있으면 있는 대로 없으면 없는 대로 순응하며 살아가는 자연이 좋다.
山비가 내린다. 오월의 푸르른 산에……

개구리 울음소리

논 많은 시골, 물 가득한 논빛이 좋다.
짙은 녹음, 보리가 익어가는 이맘때 초여름에 듣는 개구리 울음소리, 더위에 애기가 보채는 소리 같기도 하고, 한밤중엔 잠재우는 어머니 자장가인 듯 하고, 불빛 없는 깜깜한 논길을 가노라면 개구리소리는 고향에 온 것 같이 구성지게 울고……

신록

오동목(梧桐木)에 붉게 타는 꽃을 보았나요?
거문고 몸인 오동(梧桐), 소리에 꽃이 핀다.
오월.
나무에 푸른 꽃을 피우듯 신록이 온 하늘을 뒤덮는다.
엄청나게 많은 저 신록의 꿈은 과연 무엇일까.
첫여름 신록.
공기의 고마움을 모르듯 여름날 받는 이 혜택을 모르고 있는 것은 아닌지.
봄이 너무 일찍 갔다고 미워하지 않으리라.

사월그믐날

화사한 꽃이 저무는 사월그믐.
서천(西天)에 물들이는 놀빛처럼 벚꽃에 끼어드는 푸른 잎새가 흰 비단 바탕에 푸른 수(繡)를 놓은 듯하다.

또 봄비가 내린다.
겨우내 가물었던 들판에 비가 내려 보리의 살을 찌운다는 하여 옛날엔 사월에 내리는 비를 '보리살비'라 불렀다. 늦은 밤까지 시나브로 비는 계속되고, 연암 박지원과 박제삼이 만나 아름다운 우정을 나누었다는 그날 밤은 아니지만 어수선하게 보낸 넉 달, 주마등처럼 지나간 지난날을 돌이켜 본다. 오늘이 마치 선달그믐인 것 같다.

꽃의 수명

벌써 신록이 창가에 드는 햇볕을 가리고 있다.
눈이 녹고 얼음이 풀려 춘광(春光)이 좋던 날이 엊그제 같은데…… 아침이 핀 꽃이 저녁 무렵 약간 시들기 시작한다.

미인박명(美人薄命)처럼 아름다운 것은 다 짧은 것일까.
어느 시인의 말대로 장미가 활짝 펴 싱싱한 시기도 한 시간 정도라고 적은 글이 있다. 반나절 아니 한 시간도 안 되어 늙어가고 사라지는 꽃들처럼 구름이 그렇고 무지개가 그렇고 우리네 청춘이 그렇지 않은가. 어쩌면 살아 있다는 것은 쇠약하고 멸망하고 있는 것이 아닌가.

꽃의 멸망에 슬퍼하지 않을 자 어디 있으며, 너무 짧은 수명이기에 더욱 더 그러한 것이다. 하지만 꽃은 가장 아쉬울 때 떠날 줄 알기에 간절함과 애절함이 우리들 가슴속에 오랫동안 남겨있을지 모를 일이다.

곡우(穀雨)

봄의 마지막 절기 곡우(穀雨).
곡우(穀雨)에 '비가 오지 않으면 땅이 석자 마른다'라는 말이 어색하지 않게 이른 아침부터 주룩주룩 기름진 보슬비가 내린다. 곡우(穀雨)는 농사에만 관계되는 절기가 아닌 듯 좋은 차 잎을 따기 적당한 시기이고, 연평도 근방에서는 곡우살조기가 풍성하게 잡혔다는 말이 전해진다. 만물을 골고루 적시던 쌀쌀한 봄비가 눈으로 변해 산골마을이 허옇다.
가지가지에 핀 설화(雪花)는 또 다른 봄꽃은 아닌지……

사월

잘 익은 과일처럼 꽃향기가 참 좋다.
사월은 꽃피는 달. 최고의 봄꽃이라 칭하는 벚꽃이 만개하는 시절이기도 하고, 금수강산(錦繡江山)이라는 말이 실감나는 때가 요맘때가 아닌가 싶다. 이미 개나리 진달래 목련 노란 배추꽃이 때와 장소를 가리지 않고 피어나기 시작한다.
일찍이 시성 두보(杜甫)가 애닯은 정의 보답으로 황금을 보냈을 때, 소식(蘇軾)은 춘소일각치천금(春宵一刻治千金) '봄 저녁의 한 시간은 천 냥 어치 황금과 같다'라며 시를 쓰고 봄 아니 꽃과 달을 어울려 즐겼다고 한다.

꽃이 우거지는 계절이 다가오고 있다.
30~40년 된 아름드리나무는 아니지만 탐스럽고 아리따운 꽃을 피운다. 집집마다 등불을 켜듯이 환해지고 거리마다 퍼져나가는 꽃들이 낯설지 않다.

사월의 봄눈

사월은 꽃이 피는 계절, 집집마다 마을마다 개나리 목련이 울울히 피어나는데, 밤비에 기온이 내려가 산간엔 눈 소식까지 혹시나 급한 맘으로 눈이 보고파 계룡산을 찾았다. 갑작스런 추운 탓인지 이른 아침인지 잘 모르나 사람도 새도 얼씬하지 않았고, 산허리부터 때 아닌 꽤 많은 봄눈에 하늘과 땅 나무엔 흰색 일색이었고, 안갯속 응결해 몽몽한 눈이 봄 가지에 풍성하게 내렸다. 무슨 별궁을 지어놓으신 듯 하고 흰 비단 터널길이 자연능선으로 이어졌고, 세상은 다 봄 노릇을 하고 있는데 혼자서 숨겨 논 별천지에 들어온 기분이었다.

여수 동백

벙거러니 입을 벌린 동백꽃.
겨울에도 싱싱한 젊은 혈기를 지닌 푸른 잎들 속에 파묻혔네.
조지훈의 낙화(落花)를 연상케 하고 떨어진 꽃잎이 더 붉고 애처롭다. 호사스럽게 누워있는 동백꽃잎은 진달래 개나리 봄꽃에 상냥한 처자의 느낌보다는 무슨 한을 가진 강한 여인네의 모습을 엿보인다.

꽃샘추위

심술궂은 꽃샘추위 때문에 더딘 봄이지만 봄은 새색시 화환 미소 같은 꽃을 생각게 한다. 봄을 다섯 달이라 이야기하셨던 금아(琴兒) 선생. 매화가 피는 정월부터 잔인한 달 오월까지 아니 여섯 달이면 어떻고 열 달이면 또 어떻랴. 겨울이 길고 길어도 꽃샘추위가 맹위를 떨쳐도 봄은 온다. 오고야 마는 것이다.

특별한 이유 없이 기다려지는 따뜻한 봄. 바야흐로 중년 나에게도 봄은 기쁜 소식임은 틀림없다.

봄, 춘(春)

기상대에서 오늘 내일은 완연한 봄이라 한다.

산봉우리 백설이 다 녹고 앙상한 가지 끝에도 춘(春), 제법 오돌토돌해진다. 오후엔 피부에 봄이 스며드는 것 같고 좀 과장하면 약간 땀도 난다. 피리소리 같은 춘흥(春興)을 일으킬 새소리도 들리고, 솜 같은 바람이 불어 엉덩이에 엉겨 붙는다.

삼천리 한반도 어디 곳에 봄이 왔는지 아니 어디쯤 오고 있는지…… 아직은 빛깔이 없는 봄이듯 하네.

경칩(驚蟄)

희끗희끗한 산골 잔설(殘雪)은 자취도 없이 사라지고,
꽁꽁 언 개울 얼음장엔 숭숭 구멍이 뚫어지는
만물이 소생하는 봄이 시작되는 경칩(驚蟄)이다.

구구구구 산비둘기 깃털엔 윤기가 흐르고,
펄떡 펄떡 뛰는 집닭이 온 마당을 마구 돌아다닌다.

머언 곳에서 기다리던 고운님을 찾아오듯 헐레벌떡 달려온 봄
혹시 보셨나요? 막 잠에서 깬 흐리멍덩한 개구리 한 마리를……

2월은

2월은 어정쩡한 달이다.
새해의 희망을 갖고 시작하여 첫 달과 봄이 되기엔 아직 이른 삼월의 중간, 징검다리 달이기 때문이다.
목월 시인은 봄을 2월의 배게 밑에서 온다고 했지만, 청마 시인은 '사랑했으므로 행복했다' 행복의 마지막 구절을 장식하며 세상을 떠나신 달 마치 동짓달 같기도 하고 그래서 봄이 시작되는 삼월이 정월달 새해 느낌이 날 때도 있다.

겨울과 봄의 중간달이지만 어찌 보면 겨울이지만 봄을 생각하게 되는 입춘과 우수가 있는 모호한 달이기도 하다. 2월 한 달은 서른을 다 채우지 못하고 스물여덟밖에 안 되는 요절한 달이다. 그래서 참 이상한 달이다.

입춘 전날

봄의 화신(花信)은 단연 매화이다.
내일이 입춘이고 보면 매화의 건강한 꽃을 볼 수 있는 것도 오랜 기다림의 끝에 기쁨일 것이다. 세한삼우(歲寒三友)라 하여 소나무 대나무 그리고 매화를 말하는데, 소나무와 대나무는 푸른 정기를 간직한 채로 같이 지낼 수 있지만, 매화는 빈 가지로 겨울나기를 하다 초봄에 만개한 꽃으로 비로소 좋은 벗으로 맞이하게 된다.

매신(梅信)은 곧 봄의 시작이며 혹된 추위를 이겨내고 선비의 기품을 가진 의연한 꽃빛으로 빛난다. 어린 매화나무가 잘 자라듯 입춘방(立春榜)에 있는 애기들도 아무 탈 없이 건강하기를 기원한다. 입춘을 맞이하여 봄의 복된 빛이 대문을 활짝 열고 들어오기를 바란다.

산은 수척하고

한겨울을 지나면 산은 수척해진다.
우뚝 서있는 나무들이 자세히 들여다보면 깊은 상처와 흠 자국이 군데군데 난 것을 볼 수 있다. 산골엔 어김없이 쓰러진 소나무와 눈을 부러진 푸른 솔가지들이 아무렇게나 너부러져 있다.

메아리처럼 들리는 눈바람 소리 그리고 덜컹거리는 낡은 문짝소리에 잠을 들 수 없는 밤. 강한 나무이지만 심하게 흔들리고 매서운 추위에 견디어 내는 그 모습. 꿋꿋한 나무들이 어느 순간에 둔탁한 음과 더불어 쓰러진다.

2월은 강인한 법정스님이 홀연히 떠나신 달이다.
마지막 동한거를 해제하고 수척한 모습으로 남은 생을 샘하시는 모습. 삶의 무거운 것을 다 놓아 해제하시는 그날이 벌써 삼 년이 되는 달이다.

추위 풀린 산, 우레 같은 물소리 아직은 잔설(殘雪)이 보이기도 하지만 큰 추위는 다 물러난 듯하다. 상처도 많고 깊은 흔적이 남겨진 채로 야위고 늙어버린 산. 몇 번의 꽃샘추위가 지나면 꽃이 피고 새가 지저귈 것이다.

봄이 오면 꽃이 피고 꽃이 피니 봄이 아닌가.

강추위

동이 틀 기미도 없는데 기온은 영하 저 아래로 곤두박질한다. 혹독한 추위에 쌓인 눈이 녹지 않아 빙판길이 위태롭고, 산골 물은 두터워지는 얼음으로 포획되어 구하기가 참 힘들다. 이럴 땐 동면(冬眠)하는 곰처럼 진종일 꼼짝하지 않고 최소한의 먹을거리만으로 구들장에 엉덩이를 붙인다.
별은 뉘엿뉘엿 달도 작아지는 밤, 샘물을 구해 차(茶)를 끓인다.

동지팥죽

마침내 펄펄 끓여 빛깔 진하게 농축된 동지팥죽에 산더미 같은 새알이 퐁당 빠진다.
오늘 팥죽 한 그릇 드셨나요?
옛날엔 설날 흰 떡국 대신 팥죽에 푹 빠진 새하얀 새알숫자만큼 먹어야 할 한 살을 더 먹는다고 한다.
팥죽으로 잡귀(雜鬼)를 내쫓았나요?
긴긴 동짓달 밤이 추운 걸 보니 올해에는 풍년이 들겠구먼.

옛 겨울날

응달진 곳에 핀 눈꽃과 높은 산의 눈이 겨울풍경 그대로 남아 있고, 하늘은 팽팽하여 두드리면 금방이라도 종소리가 울릴 것 같은 대낮에도 영하의 날씨이다.
이맘때가 되면 이공이 털실을 낡은 물 주전자 구멍으로 재생시켜 털목도리를 짜 주시던 어머니. 군고구마가 겨울의 최고 간식거리로 행복했던 그때. 어느 시인의 말대로 눈 오는 밤을 머언 곳에 여인의 옷 벗는 소리로 들렸던 그 옛날과는 풍요롭고 자유분방한 지금과는 너무 다르다.
자연은 있는 그대로인데 자연을 좀 더 닮았으면 좋을 텐데…….

겨울나무에 내린 눈

수줍은 새색시 사뿐사뿐 걸음을 걷는 듯 조심조심 내리는 함박눈. 맨몸의 시린 나무에게 순례자의 흰색 망토를 걸쳐 주고 있는 그 마음. 헐벗은 겨울나무에 덮은 깨끗하고 단순한 눈이 갸륵하다.

어느 작가의 말대로 봄눈은 딸자식의 정(情)이고, 겨울눈은 아들자식의 정(情)이라고 하지 않았던가.

겨울부채

화로동선(火爐冬扇) 여름엔 화롯불을 겨울엔 부채를 드린다는 이야기다.
후한시대 왕충(王充)이 쓴 논형이 쓸데없는 재능은 아무 소용이 없다는 뜻이며, 절대자 앞에서 자신의 능력은 쓸모없는 것이라는 깨달음으로도 말하기도 한다.

겨울의 문턱에서 겨울이라는 대자연 앞에 순응해가는 일이다고 말하고 싶다. 오세악세(汚世惡世)의 세상에서 죽음으로 맑음을 증명하려는 굴원(屈原)에게 "물이 더러우면 발을 씻고 물이 맑으면 갓을 씻지"라는 어부사(漁夫辭) 나오는 구절처럼, 겨울잠을 자는 곰, 사시사철 북극에서 사는 곰과 같이 추위를 잘 적응해가는 지혜가 필요할 것 같다.
긴 겨울에 입었던 거추장스럽고 두터운 외투를 벗는 것은 따뜻한 봄볕밖에 없는 것이다.

김장

올해도 김장김치를 보내주신다는 어머니의 말씀에 “새색시가 서른 번 김장을 담그면 할머니가 된다”는 금아(琴兒) 선생의 말씀처럼, 우물쭈물 하다가 또 한해가 지나가는 듯싶다.

항상 어지럽고 어수선한 세상. 옛날엔 김장하는 날이 동네 아낙들의 품앗이 아니 잔칫날과 같았고, 담벼락처럼 쌓인 절린 배추에 시뻘건 고추장를 바르고, 마늘과 쑥갓 등을 각종 양념으로 버무린 분홍빛 김장김치는 한 포기씩 빈 장독에 담긴다. 겨울에는 별다른 찬거리가 없을 때는 양식으로 된장과 더불어 제격인데, 혼자 사는 처지라 양은 그리 많이 필요치 않다. 김치는 생김치와 묵은 김치로 나누는데, 보통 막 익은 갓 시집온 색시 같은 김치가 가장 맛있다.

며칠 전 눈이 내렸고, 오늘은 잔뜩 찌푸린 날씨에 꽤 추운 편이라 금방이라도 함박눈이라도 펑펑 올 것 같다.
조금 전 택배아저씨에게 배송 문자메시지가 왔다. 따뜻한 방안에서 생글생글 웃는 김장 한 포기를 꺼내 보아야겠다.

창호(窓戶)

지천년견오백(紙千年絹五百)
종이는 천년 가고 비단은 오백 년 간다.

중국을 비롯한 주변국가에는 종이는 한지가 주(主)가 되었고 자연의 고유 특성도 갖추고 있다. 비단이 고급이라면 종이는 서민의 것이다. 종이는 주로 한지로 변모하여 가장 흔한 기록의 용도를 쓸 뿐 아니라 어머니의 반짇고리 등 공예품 심지어 의복으로도 만들어 입었다고들 한다.

이처럼 한지의 용도는 다양하지만 그래도 한지라 하면 우리에게 정겹게 다가오는 창호지문(窓戶紙門)라 하여 늦가을에서 초겨울에 묵은 창호를 떼어내고 새 창호지를 바르는 풍속이 제일 먼저 생각이 난다.
문고리와 그 주변자리를 창호지에 예쁜 꽃잎을 바르고 다시 창호를 덧붙이면 한 폭의 작은 병풍이 되고 특히 하얀 바탕에 수놓은 꽃은 아련하고 은근한 운치의 미(美)를 더한다. 창호에는 따뜻한 겨울햇살이 머금고 은은한 달빛을 보듬는다. 미세한 숨구멍으로 들어오는 자연의 소리는 얼굴 없는 명인의 거문고 타는 모습이 어슴푸레 비추는 듯하다.

유리창은 내부를 너무 선명하게 비추고 커튼을 친 방 안은 어두침침한 느낌이 든다. 보일 듯 말 듯 은근함이 있는 창호의 아름다움이 그리워지는 초겨울이다. 마른 새 창호문을 열고 금방이라도 누군가 정겨운 모습으로 나타나실 것 같다.

낙엽귀근(落葉歸根)

낙엽귀근(落葉歸根).
죽은 친구의 시신을 가지고 고향으로 돌아온 몇 해 전 중국 영화의 제목이기도 하다. 지천으로 깔리고 수북이 쌓여 무릎을 푹푹 빠질 정도의 낙엽들도 결국 근본으로 돌아가는 것이 아닐까. 결국 다 제자리로 가는 것이다.

어느 시인의 말대로 '어머니에게서 심부름 와서 다시 어머니 품속으로 돌아간다'고 하였다.

이불처럼 덮고 있는 아름다운 낙엽을 바라본다.
자연은 구김살이 하나도 없는데 세상은 왜 이리 각박한지 모를 일이다.

가을나무

하늘은 수정유리같이 맑고 싱싱한 물고기등줄기처럼 푸르다. 쉴 새 없이 나부끼는 샛노랑 은행나무 잎사귀가 눈부시고, 산 기슭에 도열한 듯 줄 서있는 단풍나무들이 빼어나게 수려하다. 별처럼 고운 가을나무들 하나, 둘, 셋…… 스물. 숫자가 헷갈려 처음부터 다시 헤아린다.

붉고 노랗고 그리고 초록빛까지 지천으로 깔린 나무의 수효가 어두운 하늘에 총총히 빛나는 별보다 많다. 나무는 바람에 몸짓으로 화답한다. 지저귀는 새소리가 산의 말하는 소리인 듯 하고……

고목(古木), 가을

불혹, 마흔을 지나면서 꽃보다 나무가 더 좋아진다.
우람하고 든든한 모습으로 천년을 살아온 오래된 나무. 그냥 지나치기 참 어렵다. 온갖 풍상을 다 견디고 묵묵히 서 있는 고목(古木)을 한참 바라본다.

요즈음 회사 정문 앞에 노목(老木) 이야기로 자자하다.
짙노랑 빛이 화려한 은행나무 몇 그루가 사람의 마음을 온통 빼앗아 가고 있다. 꽃처럼 핀 단풍은 아직 늙지 않는 청춘(靑春)이다. 낙엽, 갈색으로 뒤덮이는 가을은 황혼의 아름다운 계절이다. 벌거숭이가 되려는 산이 명화(名花)가 핀 것처럼 울긋불긋 색동옷을 입고 있다.

쓸모없는 노년(老年)은 싫다.
그 누구에게 의미 있는 노인(老人)이 되고 싶다.

갈색 그리고 가을

귀밑 흰 머리칼이 희끗희끗 가을나무 잎에 온통 갈색으로 물들인다.
갈색은 성숙한 아낙네의 빛깔이고, 융단같이 깔린 낙엽 길에선 따뜻함을 느낀다. 중세 수도자의 옷빛에 절제와 엄숙함이 묻어나고, 집안에 놓인 고동색 가구에선 고풍스러움과 나무, 자연의 향이 스며드는 듯하다. 모성(母性)이 충만한 아늑한 가정의 푸근함과 함께……

어느 시인이 말했듯이 갓 볶은 커피 향과 더불어 금방 굽은 갈색 빵의 향기로움에 가을아침이 그저 아름다울 뿐이다.

늙음, 가을

나뭇잎이 누릇누릇 만추(晩秋)로 향하고, 귀밑머리 희끗희끗 해지는 노년에 오후 햇살을 받는다. 청초한 들국화는 낙화하며 제 모습을 비워내고, 이슬을 머금은 음지의 누런 풀밭이 몸을 낮추고 누워있다.

낡은 단청이 유난히 고적할 때, 조지훈 봉황수(鳳凰愁)를 떠올리며 뜰에 듬성듬성 난 얇은 코스모스 꽃잎은 가을아씨를 닮은 듯하다. 마음으로 읊조리는 계절, 청초한 늙음이 기쁘지 아니한가.

보름달 보러 갑시다

어두운 마을에 뜨는 달은 혼(魂)이 있는 듯 청명한 밤, 보름달은 위력과 생명의 성스러움이 느껴진다.

추석달 온달이 좋다.
봄밤 한시각을 천 냥을 값어치 한다는 소식(蘇軾)에게 중추(中

秋)의 저 달빛은 과연 얼마를 하련지 묻고 싶다. 정기(正氣)가 충만하고 사기(邪氣)없는 빛은 온전히 밝고 그윽하다.

'보름달 보러 갑시다'

놀랄만큼 크고 무섭게 가까이 다가올 제일 큰 달덩이를…….

오대산 적멸보궁

오대산 적멸보궁이 십여 년 전의 모습과는 너무 달랐다.
부처님 진신사리를 모셔놓은 뒤뜰은 퇴색되었지만 선명한 현판의 글씨 오래된 마룻바닥과 법당의 크기를 제외하곤……
흰 대리석으로 깔아 논 마당과 계단도 반듯반듯하고 새로 단장된 모습에 무엇보다도 지게로 물건을 나르던 허름한 일꾼은 간 데가 없고, 전기를 이용한 모노레일로 물건 뿐 아니라 굉음을 내며 사람들까지 산을 오르내렸다.

절 크기도 오막살이에서 크고 웅장하고 화려하여 현대화되고 편리하였다. 그러나 아픈 마음을 간직한 사람들은 예나 지금이나 그대로인 듯 해거름에도 절을 찾는 사람은 끊이지 않았다. 그렇게 건축하고 보시하고 수많은 노력과 수고를 했건만 중생의 아픈 마음은 치유되지 못할까. 아니 인간 욕망의 끝은 어디까지인가. 수고하고 수고해도 헛되고 헛된 것인가.

이만 불 시대에 자살이나 범죄도 옛날보다 더 높아지고, 산천(山川)은 저렇게 주름살이 없이 평온한데, 세상은 왜 이렇게 각박하고 살기 힘든지 모를 일이다. 하나 건물 건너 교회이고 대형화 현대화 길을 향해가고 있다. 참 이상하게도 세상은 날로 포악해지고 또 흉악화 되는 것이다.

요즘에는 나쁜 남자가 좋다는 추세들이다.
가을바람을 맞으며 내려오는 상원사의 전나무 숲길이 어둑어둑해지고, 옛 모습을 그대로 간직한 월정사 가는 길이 아늑해지고 점점 편안하다.

가을은 1

나뭇가지에 걸리는 달이 좋아지기 하는 가을
깊은 하늘엔 별이 돋아나며 반짝거리고
낮은 풀밭에 선잠을 깨우는 풀벌레 소리

만물이 긴 휴식을 취하는 밤이 깊어간다
바람 없고 새도 깃을 세우는 호젓한 산
혈관에 피가 잘 흐르듯 개울 물소리는 콸콸콸콸……
산은 잠들지 않는다 밤에도 쉬지 않는다

가을은 2

가을은 용서하는 계절이다.
모르는 누군가에게 베풀고 싶은 그런 때이기도 하다.
징으로 치면 금방이라도 울릴 것 같은 팽팽해진 푸른 하늘
축복과 평화의 땅.
붓으로 그린 풍경 가을 풍경이 극치의 미가 아닐까.
탱탱한 청시, 쭈글쭈글한 누런 낙엽 그리고 부드러운 곡선 분
홍 복숭아.
색에 감촉이 있고 소리에도 그림이 있는 듯합니다.
행복이 별 다른데 있는 것이 아니라…….

지천명(知天命)의 가을

시리도록 푸른 하늘에 흰빛으로 채색되고
금강산 단풍이 소식도 접하니 이제는 완연한 가을이로다.
올 가을은 첫가을이 아니고 그렇다고 늦은 가을도 아닙니다.
꽉 찬 달 음력 팔월대보름은
가장 풍요롭고 성숙한 가을의 중턱입니다.
오십 지천명(知天命)도 그런 날입니다.

처서(處暑)

성장을 멈추는 가을배추
귀밑머리가 흰 뭉게구름처럼 농축되고……

모기 입이 비뚤어지고 귀뚜라미 등에 울음판이 떨린다.
청시(靑枾)가 하늘에 잠기기 시작하고
서투른 글로 가을편지를 써본다.

윤오영 님의 비원의 가을을 보고서

百年閒日不多時
인생 백년이 짧다. 하지만 그 중 한가한 시간은 길지 않다.

소동파의 시구이다.

끝날 것 같지 않던 불볕더위도 물러나고, 아침저녁으로 서늘한 바람이 싫지 않다. 세월은 유수라 하지만 참 빠르다. 인생, 이렇게 살다가 가는 것인가? 자문자답을 해 본다.

깊은 산에 들어가도 번뇌를 느끼면 한가함이 아니고, 고요한 방에 앉아 있어도 욕망을 버리지 못하면 그 또한 한가함이 아닐 것이다. 격분과 분노를 느끼며 세상일에 근심으로 가득 채워진다면 분명 한가함이 아니라고 말할 수밖에 없다.

하늘은 자꾸만 높아가고, 인적 없는 산속에는 푸른 밤 몇 송이가 떨어진다. 가을 매미소리는 여름이 간 줄도 모르고 지칠 줄 모른다. 이렇게 느끼다 가는 것인가? 가을은 몇 번 더 맞이할 수 있을까?
어느덧 잠시 한가로운 시간이 지나고, 말 많고 탈 많은 세상속으로 다시 돌아간다.

초가을

말복이 지나 이제 아침더위가 한풀 꺾인 초가을의 느낌이다. 아직은 낮에는 불볕더위가 기승을 부리지만 아침저녁에 느끼는 싸늘한 바람은 가을이다. 신선한 바람이 뜨거운 열기에 스치는 느낌이 계절의 변화는 어쩔 수 없는 듯하다.

진주 이슬이 가을꽃에 안기고 불어오는 바람이 점점 맑아진다. 시인은 달을 노래하고 단풍에 즐거워하고 드높은 하늘을 바라본다. 밤, 누런 들판 그리고 껍질이 얇은 배, 풍요와 결실을 흡족해하는 농부의 얼굴. 귀뚜라미 소리 우는 돌섬, 붓끝처럼 가냘픈 코스모스.

가을이 그립다.
아니 완연한 가을 속에 있는 듯하다.

부채

새 옷을 사듯이 여름이 시작되는 단옷날에 새 부채를 선물 받았다. 부채는 옛 여름의 필수품이자 식구대로 하나씩 마련하는 물건이기도 하다. 그래서 동지(冬至)에는 달력을 단오(端午)에는 부채를 선물로 주는 것이다.
부채는 순 우리말로 '부'는 바람을 일으킨다는 뜻이고 '채'는 도구라 말하고, 한문으로는 선(扇)은 호(戶)와 우(羽), 집 안에 있는 날개라는 뜻이다.

얇은 대나무의 부챗살에 깃털같이 우아하고 가벼운 한지를 곱게 붙이고, 풍경미(風景美)가 있는 산수(山水)나 걸 맞는 시 한 구절을 넣으면 "이화(梨花) 월백(月魄)하고 은하(銀河) 삼경(三更)일제" 탐심을 낼만 한 수준 있는 예술품이 되고, 오욕칠정의 마음에서 청량한 세계로 인도하는 축복의 바람이다.

한편, 손에 쥘 수 있는 단선(團扇)과 달리 접었다 폈다 할 수 있는 접선(摺扇)은 더위를 몰아내는 데만 쓰이는 것이 아니다. 이몽룡이 춘향이 앞에 얼굴을 반쯤 가릴 때, 판소리를 하는 명창의 손에도 외줄타기를 하며 몸의 균형을 잡을 때, 자신을 보호하는 호신술에도 참 다양하고 무궁한 용도로 쓰이는 것이다.

기계음이 들리며 인위적으로 바람을 일으키는 냉방기와 달리 순백의 화선지에 그려진 꽃의 향기와 현란한 나비 몇 마리 함께하는 자연의 바람이 좋고 그립다. 무엇보다도 바람을 재우는 부채는 나의 영혼에 오묘한 바람으로 머물고 있다.

작약과 자작나무

자작나무는 영혼이 순수하다는 뜻을 가진 나무이다.
꽃은 아름다워야 한다는 것을 알려주는 작약. 연분홍빛이 맘에 들지만 '대초원의 달'인 노란색에 흰빛이 감도는 작약꽃에게 마법처럼 빠지고, 향에게도 취하는데, 잎도 도도하여 여름내내 싱싱함을 유지하고, 걸레처럼 시드는 장미와 달리 우아하게 죽는다.
작약꽃에게도 자작나무의 흰 빛 혼이 있는 듯하다.

해맑은 빛

해맑은 빛이 너울너울 성스러운 숲으로
7월 산을 바라보는 감들도 푸르다
구름은 꽃을 만들고 노을은 붉은 꽃을 피우고……

비 온 뒤

폭풍우에 백일홍이 붉은 우박처럼 떨어져 있고
생나무의 푸른 잎들이 요절하는 듯 땅에 어지럽다
더위에 우는 매미소리 백화(白花)처럼 피어나는 뭉게구름

고사리

고사리는 죽순처럼 하루가 다르게 쑥쑥 자라기 때문에
자칫 시기를 놓치면 나물로 쓸 수 없다.
고사리는 통통하고 여린 것이 좋기 때문에
1년 치 먹을 나물을 한 시기로 캐어서
마른 고사리를 둥둥 말아서 부엌 한 모퉁이에 보관한다.

흔히 어린애 손은 '고사리 손'이라 하고들 한다.
작고 여린 것이 좋은 나물, 풍요와 강함에 젖어 있는 요즘에
산(山) 고사리 같은 사람이 찾기가 참 어렵다.

가지

자색엔 자연의 색감이고 고풍스러움이 있다.
자색구름, 구름 한 올 없는 자색하늘
선비들도 자색(紫色)의 옷을 즐겨 입었다.
자색(紫色)은 붉은 색보다 은은한 흡입력을 가졌다.
자색(紫色)보다 자(紫)빛이 더 어울린다.

자(紫)빛 가지 주렁주렁 열리고
군센 햇빛에 자금광(紫金光)처럼 번들번들거린다.

쪽빛

맑은 하늘을 빗대어 '쪽빛'이라고 하며 남색 계통의 색이다. 주로 가을하늘을 보고 말하며 물과 의복에서도 표현되기도 한다. 쪽은 풀로써 별 볼품은 없지만 천연 염색으로 잘 알려져 있으며, 7, 8월에 줄기를 배어다 옹기에 두고 사나흘 후에 꺼내어 물을 들이고 햇볕에 말리면 그 누구도 흉내 낼 수 없고 수수께끼 같은 천연색이 탄생한다.

쪽은 물가도 자라지만 밭 귀퉁이에 재배되기도 한다. 쪽 농사는 모시 대처럼 아낙네들이 가꾸는 한해살이풀로 타원형이며, 줄기는 여귀와 비슷하나 조금 큰 편이다. 7월경에 붉은 꽃이 피는데 티 나지 않고 그저 수수한 편이다.

초록

녹음이 짙어가는 유월, 울울창창 산에는 온갖 초록들이 향연을 벌이고……
싱그러운 초록의 들판을 거니면 숨이 막힐 것 같다.
초록은 동심(童心)의 색이다.
초록 바다 같은 큰 산이 아침햇살을 온몸으로 받으며 하루가 다르게 신록이 짙게 우거진다. 서로 다른 빛을 가진 초록의 새잎이 나뭇가지마다 돋아나고, 푸른 상록수와 어울러져 가을단풍보다 더 아름다운 숲을 만들며 새로운 여름을 준비한다.

대나무 1

외유내강(外柔內剛) 대나무.
단단함만큼 유연한 것은 없고 텅 빈 것보다 강함은 없다.
단단한 껍질에 댓잎이 돋고 흰 대꽃이 핀다.
텅 빈 내부는 단단한 껍질로 견고하게 쌓이고, 마디를 만들며 하늘을 오르는 대나무는 전혀 비만하지 않다. 그래서 사람을 다스리는 마음을 가진 나무이다.

대나무 2

"나무도 풀도 아닌 것이 속이 비고 곧게 자라는구나."
그러면서도 항상 푸르다는 이야기이다.
윤선도의 오우가 중 죽(竹)은, 대나무를 너무도 잘 표현했다.
죽(竹)은 사람으로 치면 성인군자가 아닌가.
치우치지 않는 중용을 갖춘 바른, 속은 비고 겉은 푸른 그런 분을 생각게 한다.

장미

학교 교정을 지나는 길에 담벼락 너머 줄지어 몇 십 송이의 새빨간 장미가 고개를 내민다. 화려한 장미는 꽃보다 향이 몇 십 배나 더 진해 지나가는 나를 걸음을 멈추게 하였다.

유월이 되면 장미 축제로 요란하게 수만 송이 온 행사장을 아름답게 장식한, 작열하는 태양 아래 불타지는 않을까 걱정이다. 거리에는 화원마다 넘치는 것이 다 장미, 장미꽃뿐이다.

연인들이 사랑의 고백에 가장 일조하는 꽃이기도 하다.
흔하고 아무렇게 핀 풀보다 더 많은 것이 유월의 장미인 듯하다. '본인이 가진 일곱 장미를 남에게 다 주고 나에게 장미 한 송이라도 가져서는 안 되는 것 같아 서운하다'는 유난이 장미를 좋아했던 금아(琴雅) 선생의 '장미' 수필의 마지막 구절이 자꾸 되새기게 된다.

사랑은 소중한 모든 것을 다 내어 주는 것이 아닐까 생각이 들어 어쩐지 씁쓸하면서도 기쁘다.

차(茶)

5월은 싱싱하고 어린 첫 찻잎을 수확하는 계절이다.
"옛 친구를 만나 새 차(茶)를 꺼낸다"는 옛말처럼 사람은 옛 사람이 좋고 차는 갓 수확한 볶은 차가 좋은 듯싶다. 삼국사기에는 설날에 차례(茶禮)를 지낼 때 차(茶)를 올린다는 기록이 있듯 귀한 것임에 틀림이 없는 듯하다.

찻물 끓이는 소리를 솔바람 소리라 했고, 다른 집의 햇차를 음미 시 그 맛을 말하지 않는 옛 사람 커피를 기호식품으로 하여 다양한 종류의 입맛을 요구하는 요즘과는 사뭇 다르다.

우후죽순으로 늘어난 커피전문점에 밀려나 그 수효가 확 줄어들고 명성마저 잃은 차 시장. 늙은 소나무 빼어난 대나무가 즐비한 경관 아래 푸른 비단을 깔아놓은 듯한 오월의 여리고 순한 차밭이 그립다.

山

적적한 산 첩첩산중
꽃이 피고 새가 우네.
적적한 산은 좋은 산이고 꽃피는 산은 예쁜 산이다.

하늘을 덮은 원시림
착하고 순한 아낙네 같은 자작나무 숲이 보이고
기골이 장대한 사나이 같은 소나무 숲이 튼튼하네.

산이 많으면 더욱 적막하다.
험준하고 먼 산은……
꽃이 지고 질감 좋은 잎이 핀다.

松下問童子 소나무 아래서 동자에게 물었더니
言事彩藥去 스승은 약초를 캐러 가셨다 하네
只在批山中 이 산중에 가득한 것은 구름일 뿐이니
雲探不知處 안개구름 속에 어디를 찾을까

시경에 나오는 시구이다 새길수록 아름답다.

남매탑

오래된 5층 남매석탑이 손상된 모습이었다.
지고지순한 사랑은 변함이 없지만, 비바람에 묵은 이끼, 긴 세월의 흔적이 파이고 깊게 뜯긴 자국에 못내 가슴이 아프다. 천 년이 넘도록 이 산골에서 잊히지 않는 까닭은 무엇일까.

結草報恩(결초보은)의 숭고한 사랑, 어떤 陰影(음영)도 反響(반향)도 없는…… 인스턴트한 사랑에 익숙한 현대인 아니 우리들에게 차츰 잊히는 느낌이라 씁쓸하다.

푸른 단장이 한창인 여름 산으로 변모하는 오월, 비켜선 긴긴 해가 두 塔身(탑신)을 비춘다.

저녁에

아침부터 원근(遠近) 분간하기 힘든 빗줄기 봄비치곤 꽤 많은 수량이 약간의 돌풍이 함께 몰아쳐 하염없이 지는 벚꽃이 싸락눈이 내린 것처럼 땅바닥에 누워있다.

잔뜩 찌푸린 하늘로 숨어버린 봉우리, 비 머금은 구름장은 오락가락하고, 낮은 숲 회색 너울 사이로 봉선화 붉은 기운이 희끗희끗 나타나고, 어느 시인 말대로 비오는 날 꽃 핀 저녁에 님이 많이 그리운가.

날은 시나브로 어둑어둑해지는데 찾아올 이 없지만 괜히 기다려지고, 바람소리에 삐걱삐걱 거리는 낡은 문만 바라보고……

새, 봄

새의 지저귐이 없는 산은 침묵의 봄같이 쓸쓸하고, 종달새 높이 떠 지지배배 노랫가락도 없으니 삭막하기 그지없네.

'동창이 밝았느냐 노고지리 우지진다' 옛시조 한 구절이지만 종달새는 봄의 전령사 사랑의 봄을 상징하는 듯하네. 군살 없는 봄, 깊고 깊은 산엔 별천지는 언제쯤 될는지.

꽃이 없으니 구불구불 산길이 더 지리하게 느껴진다.
새파란 보리밭에 지지배배 우지는 종달새가 그립다.
계절 따라 유행 따라 변하는 처녀의 옷처럼 금춘(今春)의 꽃이 보고 싶다.

낙화(落花)

'꽃이 지지로소니 바람을 탓하랴'

조지훈의 낙화(落花)의 한 구절이다.

낙화(落花)에 대한 시인의 마음, 절절함.
송이송이 지는 꽃, 땅에 엎드려 있는 꽃, 바람에 흩어지는 꽃잎……
낙화(落花)는 죽음도 삶도 아니다. 사무치는 그리움이 남아 있을 따름이다.

미인박명(美人薄命), 꽃은 수명이 짧다.
옛 시에 '어제 핀 꽃이 오늘 진다'
진달래가 그렇고 산수유가 그렇고, 개울가로 둘러 쭉 울타리를 친 병아리 색 개나리가 바로 그러하다.

목련꽃 그늘 아래 편지를 쓰겠다는 어느 시인의 바람은 아름답지만 너무 짧은 것이 슬프다. 내년 봄에도 다시 꽃을 피우길 바라는 간절한 마음 꽃이 지는 날은 울고 싶어진다.

우수 後

눈이 비가 된다는 우수를 며칠 지나 밤비가 부슬 거리고 아침 나절 소리가 좀 더 커져 있다. 산엔 눈이 녹고 논바닥엔 얼음이 깨어지니 바야흐로 봄이 시작되었다.

부루퉁한 목련 꽃봉오리.
개울가 담장으로 서 있는 개나리 빈 가지는 빗물을 머금고, 복숭아 꽃밭에 촉촉이 맺힌 이슬이 사람의 마음을 움직인다.

마을과 산 껴안는 비.
청량한 봄기운, 소량(小凉)한 춘광(春光)이 맘을 태평하게 만드니, 봄은 자애로운 어머니 품과 같아라.

밤

옛 시골버스가 불빛 없는 길을 달린다.
전등 없는 정류소를 그냥 지나가기도 하고, 깜깜한 정류소에 서서 손님을 내리고 태우기도 한다. 작은 빨강전구가 호롱불처럼 켜 있는 유리곽 속 담배 문구가 소박한 정류소, 다음 정류소가 바로 내가 내릴 곳이다. 버스는 정차한 후 엔진 굉음소리를 내고 지나가면 이내 칠흑 같은 고요한 밤이다.

산도 물도 보이지 않는 어두운 길을 박쥐같은 눈으로 찾아가노라면, 여름 논에 개구리 울음소리로 천국이 되고, 가을 뜰엔 풀벌레 소리가 대지에 아늑하고 평화로운 공양을 바친다.

가끔은 보이지 않는 곳에서도 이토록 아름다울 수 있구나! 어느새 깜깜한 어둠 속에 잠겨 있는 마을을 지나가면 오동나무에 달이 걸려 풍광을 더하고 별들은 다정한 눈빛으로 인사를 나눈다. 어수선한 낮 세상 쓸데없는 일로 늘 바쁜 오후, 달콤한 휴식 같은 밤.

긴 어둠에서 즐기는 법을 찾아보자.

초복(初伏)

"초복날 소나기 오면 한 고방 구슬보다 낫다"는 말처럼, 마른장마가 계속되어 가뭄으로 힘들었는데 모처럼 푸짐한 소나기가 반갑다. 초복 보양식이라 함은 흔히 삼계탕에 마른대추 두 개정도로 연상하게 되는데, 올해는 팥죽을 권하고 싶다.

팥죽은 흔히 동지 때 먹는 것으로 알려졌지만 옛날엔 초복 때부터 먹었던 것으로 전해지는데, 이는 보혈과 더운 기운을 안정시켜주는 역할을 하기 때문이다. 무엇보다도 동물 생명에 대한 경외심 차원에서 한번쯤 생각하면 어떨까 한다.

나무는

겨울나무가 묵묵하게 서 있다.
찬바람 모진 추위를 다 이겨낸 늙은 나무가 좋다.
뜰에 우두커니 서 있는 사과나무 감나무 오동나무 배꽃이 아름다운 배나무의 빈 가지에 걸린 보름달이 밝은 외등 불빛과 같다.

봄이 오는 길목에서도 나무는 급하지도 않고 묵묵하게 기다린다.
따스한 햇살과 촉촉한 우기(雨氣) 그리고 맑은 공기를 주면 비로소 꽃을 피우고 향기를 내어 눈과 코를 즐겁게 하고, 그 아름다움으로 세속으로 찌든 마음을 말끔히 씻어주는 청량제 역할을 한다.

자연은 기다릴 줄 알고 아낌없이 주는 사랑을 준다.
오랫동안 나무를 보노라면 이미 세속의 물건이 아니다.
자연의 일부 이니 신의 경지에 도달한 듯하다.
오월의 연두에서 울울창창 초록빛 변모하는 숲의 무수한 나무를 생각한다. 오색으로 칠보(七寶)를 주렁주렁 단 단풍나무 숲이 그립다. 늙고 장대한 나무가 꽃이 피고 푸른 그늘을 만들고 굵고 알찬 열매를 맺는다.

정월대보름달

늙은 소나무 빼어난 대나무가 많은 마을이 보이고, 내일이 상원(上元) 정월대보름이라 한적한 겨울산골 큰 마당엔 쥐불놀이 달집 태우기 준비가 한창이다.

달은 형상이 아니다. 자비와 염원의 상징이다.
첫 보름의 가장 큰 달님은 크나크신 은혜, 대자대비 그 자체이다.

화낙개낙우일년(花落開落又一年)
인생기견월상원(人生起見月上元)

꽃피고 지니 또 일 년이 지나가네
인생에서 저 보름달을 몇 번 볼 것인가

월하독작(月下獨酌)하며 달과 벗이 된 이태백은 아니더라도 뚜렷하고 환한 쟁반같이 둥근 보름달을 바라보며 웅대하고 신비로운 본래 순진한 인간 본연의 모습으로 돌아가고 싶다.

진달래꽃

엊그제 수십 년 만의 한파라며 추위가 맹위를 떨쳤지만 입춘(立春), 오늘 낮엔 거짓말처럼 따뜻하다. 가슴이 타도록 불타는 진달래꽃, 진달래 하면 역시 김소월(金素月).

약 150종 넘는 진달래 중 가장 으뜸인 참 진달래꽃인 '영변의 약산 진달래' 하는 시가 봄 아리랑처럼 우리의 정서 속에 내재된 것 같다.

어김없이 올 봄에도 북엔 소월(素月) 남엔 지용(芝溶)의 시가 한반도의 봄산을 수놓을 것이다.

눈 내린 산

눈 내린 산은 주름살 없이 곱게 늙으신 노인산(老人山)으로 변모하였다. 성스러운 모습 후덕한 용모를 갖추신 그리운 노모(老母)의 얼굴 아니 따뜻한 성자(聖子)의 모습이 보이시는 듯 바람에 날리는 차갑기만 한 눈가루가 훈훈하고 포근하게 얼굴을 퍼붓는다.

이내 백조가 잠자는 호수처럼 잠자는 듯 고요하다.
하늘이 열렸다 닫혔다 하며 자애로운 눈이 뜨다 감았다 하시는 듯 모난 것 추한 것이 많은 후미진 골짜기에는 그 깊이를 가늠하기 힘들 정도의 눈이 보듬어지고, 거룩하고 크나크신 참사랑이 뼛속까지 전해지는 듯…….

대청봉 산행길

대청봉.
잠자던 바람이 정상인근에 다다르자 몰아치는 위세가 대단하여 아직 가을인데도 손이 시리고 살이 약간 에인다. 싸움하듯이 정상석에서 기념사진을 찍고서 얼른 자리에 피하여 약간 아래로 내려오니, 우람한 울산바위 위용 공룡능성 서북능성까지를 야단스럽게 구경하고 발길을 돌려 갈팡질팡하며 중청휴게소 앞을 지나니, 더 넓게 펼쳐진 대 벌판 누런 풀들이 몸부림치며 하소연을 하는 듯하다.

선풍기 같은 바람을 옷 속으로 구멍을 내어 송송송 파고 드니

온몸 땀을 식고 마음도 능금처럼 상큼하다. 하늘은 쾌청한 전형적인 가을이건만 볕맛을 모르는 대청봉 일대 소생한 초목들이 측은하다.

내려가는 길이 초겨울 산행이라면 약간 오르막에서 훈기가 느껴진다.
이제는 멀리 대청봉이 보이다 사라지다를 반복하며 환송을 나누니 혈관에 피가 흐르듯 평온함과 안락함이 밀려오고, 그리운 산 그립던 설악산 다시 오겠다는 말을 마음속으로 계속 되새기는데 어느덧 희운각산장에 다다랐다. 숲의 짙음과 더불어 오아시스 같은 단풍이 눈에 들어오기 시작한다.

젊은 단풍

적단풍이 무더기무더기 핀 틈에 상록이 끼여 있는 듯하고, 붉은 천 두루마리를 넓게 펼쳐 놓은 듯하네.
붉을 대로 붉은 익을 대로 익은 산.
단풍의 시위 불타는 산.
오늘이 가장 젊은 단풍인 것 같기도 하고 아니 최후의 모습인 것 같기도 하다. 아쉬울 때 가장 아름다운 모습으로 떠날 줄 아는 단풍 거리엔 은행나무가 샛노랑 은행잎을 훌훌 털어낸다.

묘봉, 가을산행

잡목과 조릿대를 헤치며 명품 석봉을 조망을 위해 아슬아슬 위태로운 바윗길을 밧줄에 몸을 맡기고 주전자바위 모자바위 소위 개구멍을 지나니 멀리 관음봉이 눈에 띄기 시작합니다. 서북암릉 이어주는 바위대문이 문을 여니, 한눈에 한품에 병풍처럼 펼쳐진 장쾌하고 자연미를 갖춘 꼭꼭 숨겨둔 풍악(楓嶽) 단풍이 한꺼번에 속세의 때를 말끔히 씻겨냅니다.

눈은 살찌우나 몸은 고달픕니다.
뒤돌아보니 속리산의 주능선이 단풍나무 숲으로 가려 있습니다. 쫑긋쫑긋한 토끼 봉우리 묘봉. 바위가 산에 몸을 기대고 책을 꽂아둔 듯 붙어져 있고……

늦가을이라 단풍보다 낙엽이 더 많은 탓이랴.
절세미인을 다시 못 볼 것 같아 뒤를 자주 보게 됩니다.
금세 쌓이는 낙엽 인적이 없는 호젓한 길.
칙칙한 색 가련한 잎이 눈처럼 내립니다.
좁은 길 아무도 가지 않았던 여적암 지루한 산길 끝자락 운봉리 마을, 매봉과 묘봉(토끼봉)이 놀에 휩싸이더니 이내 어두워지기 시작합니다.

덕가산 산행

옛 기와집 담장은 황토 흙과 검은 돌이 손으로 빚어 만들었다. 나무대문 앞은 넓은 돌계단이 몇 개 보이고, 주인은 없는지 담장과 계단에 보이는 낙엽은 아직 쓸지 않았다. 아직 원시림이 간직한 덕가산으로 가는 과수원 길은 잡풀과 잡목들이 어지럽게 우거져 숲이 정상까지 이어지는 것이다.

가는 도중에 바위 조각들이 흩어져 보이기도 하였다.
정상 지키는 수호신 모양 큰 돌 기둥들이 주위를 에워싸고 바위 틈사이로 단 한 명만 통과 할 수 있는 통로가 보였다. 그리고 산 정상은 연필 같은 돌기둥이 하늘을 향해 장대하고 당당한 모습으로 서 있다.

산더미 바람에 나그네의 수고하신 몸과 마음을 날려 보내고, 대숲은 호통 치며 무어라 찌그리는 말을 하는 것 같았다. 어슴푸레 우중충한 하늘이 입산하기 참 좋은 날씨였다.

준봉, 가을산행

준봉을 따라 부슬부슬 적당한 가을비가 내리고, 바람 따라 움직이는 구름장. 종긋종긋한 단풍 얇은 흰천 같은 운무(雲霧)가 끼어들고, 얼굴은 희고 울긋불긋한 치마저고리 입은 크고 작은 암봉은 보이지 않고, 처마 끝에 피신해 구시렁대는 산비둘기소리만 들리고……

통천문(通天門)

장터목에서 천왕봉 가는 길 통천문(通天門)을 통과하니 또 다시 하늘이 열리는 기분이다. 여름 소나기, 지리산 맑은 하늘에 저녁놀이 뒤덮인다.

바람

바람이 일주문을 지나니 숨었는지 간 곳이 없더라.
길가에 아카시아 잎이 바람에 뒤적이고 풍경이 호젓이 울고 있었다.

有生者必滅
有合者必離

부석사 장마비

지리한 장맛비가 며칠 전 홀연히 떠난 산자락
티끌도 공기도 없는 산
씻겨도 씻겨도 푸른 산

인적도 스님도 끊어진 산사
호젓함이 나를 반기고
티 없이 맑은 하늘에 눈부시게 빛나는
노을과 인연이 됩니다

어둠에 묻혀가는 절간이 쓸쓸함과 스잔함으로
또 다른 아름다움으로 나타납니다

공룡능선, 가을산행

공룡능선 초입에 들어서자 숨겨둔 내설악의 단풍을 보이고, 아니 이것이 단아한 그 자태이었다. 왜 공룡능선 공룡능선이라고 하는지를 알겠다. 단풍 수직의 깎아진 바위틈 사이로 핀 꽃 아니 화원이었다. 부챗살 같은 바위 수놓은 화려한 단풍, 해바라기 석상이 크고 작은 바위 얼굴처럼 서 있고, 그 사이에 울긋불긋 병풍의 한 폭의 그림 같았다.

마등령 정상.
마음껏 펼쳐진 큰 산들은 덮은 수줍은 얼굴들이었다. 덮었다 사라졌다를 반복하는 안개와 바위 숨겨진 단풍은 숨바꼭질을 하는 듯 안타까움과 즐거움을 더하고, 등선과 등선 길과 길에 이어지는 단풍의 시위, 행렬. 내설악의 아름다움. 아니 미인의 진짜 속내를 알 수 있을 것 같다.

저녁놀과 더한 선홍 핏빛으로 물든 단풍.

깊은 협곡과 조화된 처절한 아름다움은 절정을 향하고, 돌아보니 화채능선 설악 제일의 단풍이 다시 나를 붙잡습니다. 아득히 보이는 산 끝없는 백두대간 실루엣. 종일 흐렸던 중천의 날씨가 다시 맑아집니다.

백로(白露)

딱 제격인 가을날 백로(白露)
아침엔
진주이슬이 풀에 주렁주렁 열리고
맑은 벌레소리가 훈훈함을 전하는 언덕
쪼이는 낮볕이 정다운 친구처럼 따뜻한 오후
낙엽색으로 한잎 두잎 변하는 떡갈나무 숲 위로
뭉게구름이 살찐 말처럼 느릿느릿 걷는다

정월보름날 밤에

보름달이 젊다
정월대보름달이 가장 젊다
얼음 같은 겨울달에 따뜻한 봄기운이 스며든다
저리도 밝은 달이 어둠 속에 돋는 것이 참 신기하다
가없이 밝은 달 동심같이 맑은 달
어제 내린 눈밭을 하염없이 비추네

雪愛

눈은 한결같이 내리고 있다
처녀의 이야기는 눈처럼 소복소복 쌓이고, 아궁이 장작불은 검붉은 사랑처럼 타오르고 있었다

지순한 사랑은 창밖에 내리는 눈처럼 포근했다
버들잎 같은 저녁 눈은 어둠을 뚫고서 흩날리고, 푸른 소나무를 기막힌 풍경을 그린다

어린 왕자

늦가을에는 생텍쥐페리의 '어린 왕자'가 생각난다.
독서의 계절인 자금 독서를 유달리 싫어하는 탓에 별로 읽은 책은 없지만 우선 제목부터가 『어린 왕자』 흡족한 편이어서 한두 편 정도를 가슴에 두고 있다.

중년을 훨씬 넘은 나이에 그 동안 얼마나 순수하게 살았을까. 낙엽처럼 홀연히 떠날 수 있을까. 잎도 꽃도 없이 떠나는 가을이 될 수 있을까. 험로(險路) 세상에서 고비도 있었고 참 어려움도 많았다. 그때마다 문득문득 찾아오는 '어린 왕자'가 나를 소금이나마 지탱할 수 있었고, 그래서 본의 아니게 나에게는 남루하고 가난한 시 몇 편이 있을 뿐이다.

이제 뜰엔 텅 빈 겨울나무가 많이 보이기 시작한다.
이 가을 가기 전에 '어린 왕자'에게 진 빚을 갚고 싶다.

감나무 익는 마을 청도

늦가을에 청도를 지나면 시골 담장마다 감들이 홍등(紅燈)처럼 밝다. 특히 매천리에서는 주인은 없어도 감나무 없는 집이 없을 정도로 지천에 놀처럼 곱고 아름답다.

운문재를 넘어갈 때는 햇살에 비친 가을단풍과 더불어 감도 꽃처럼 찬란하게 온 산을 뒤덮는다. 이곳에서는 오래된 슬레이트와 낡은 양철지붕 있는 집이나 길거리에 좌판을 깔고 감을 파는 늙은 아낙네들을 흔하게 볼 수 있고, 그 옆에는 빨간 연탄불에 익는 고구마와 옥수수들의 향기도 함께 맡을 수 있다.

멀리서 바라보면 감은 흡사 붉은 단풍 같기도 하고 나무에 달린 홍등(紅燈)처럼 보인다. 우리는 항상 어릴 적 그 때 그 맛 멋 그리고 어머니의 솜씨를 항상 그리워한다. 현대화되어 아무리 편하게 잘 살고 있어도……

진정 돌아가고픈 자연, 적어도 자연을 닮은 모습으로 살아가길 원한다.
육체적 물질적으로는 현대 아니 미래를 원한다 하여도 정신적 영혼적으로는 현재보다는 과거, 과거보다는 아주 먼 과거로 돌아가고 싶은 것은 아닌지…… 참으로 모순된 일이다.

겨울 불영산

연꽃 같은 산 가야산 뒷산이 바로 불영산이 보인다.
산 초입에 소나무가 하늘 향해 창연히 치솟아 오른 호젓한 길. 별로 알려진 적이 없는 외길은 나무도 바위도 푸른 이끼로 처연하게 묻어져 있고, 적게 흐르는 물마저도 푸르고 호젓하다. 이끼와 낙엽이 뒤엉켜진 틈새로 흐르는 아리땁고 무독한 물소리. 마치 천 년 전 오솔길엔 하늘을 볼 수 없는 잡목숲. 낡은 단청, 고목이 된 나무집 화암사에 겨울 저녁 햇살이 현판에 비추면 옛스러움을 더한다.

지난해, 억새가 굳센 바람에 이리 지리로 쓰러지는 불영산 꼭대기 군데군데 영폭(永暴)의 쓸쓸함이 별 특별한 경치가 없는 곳에서 겨울운치를 보는 듯하다.

바람은 온 산을 삼킬 듯이 매섭고 추운 대낮.
잘 정돈된 경내 옛 석탑 아래 얼어붙은 흰 눈.
추마 끝에 자라는 아기 이빨같이 투명한 고드름.
그리고 이따금씩 들리는 풍경소리마저 고요함 그 자체였다.
눈 덮인 산은 백색일색이다.

운문사(雲門寺)

호랑이가 함께 기거한 전설이 있는 호거산(虎踞山) 운문사.
비슬산 가지산 운문산 주위 낮은 산들이 푸른 연잎과 같고, 그 한 가운데 연꽃처럼 앉은 절 운문사. 고요한 아침 구름이 먼저 찾아와 엷게 감싸는 운기(雲氣)에 나도 촉촉한 이슬을 맞으니 나도 한낱 한 떨기 꽃이련가?

"청초한 버들잎은 가슴 아프게 푸르고 안개 낀 산사는 그냥 그대로 좋다."
옛 선인의 말은 바로 이곳이 아닌지.

새벽을 깨우는 산새소리……
인적은 보이질 않고 동천(東天)이 울연히 밝아온다.

입추(立秋) 2

무덥던 여름도 엊그제 같은데 벌써 입추(立秋), 가을의 문턱을
넘는다.
“이상견빙지(履霜堅氷至)”
주역에 있던 말이 생각난다.

세월이 참 빠르다.
오후나절 한바탕 소나기로 더위도 한풀 꺾인 기분이다.
말복을 앞두고 여름매미소리가 자욱하다.
선선한 바람 입추(立秋), 이제 청(靑)하늘도 높아가겠지. 또 얼
마 후면 나뭇잎에 서리발이 은종이처럼 번뜩거릴 것이고……

주천강(酒川江)

술이 흐르는 강 주천강(酒川江)
강에는 술이 없고
술 익는 강물처럼 저녁놀이 붉게 탄다

묵은 술처럼 오래된 풍경이 보이고
긴 초가지붕 같은 섶다리를 건너면
동구 밖
잘 생긴 미루나무 몇 그루
촌집 몇 채

마른장마

초복이 이틀 남았는데 마른장마라 때 아닌 가뭄이다.
비 많은 장마철엔 수해며 홍수 태풍피해가 발생되지만 올해는 가뭄으로 걱정이 많은 듯하다. 많아도 걱정 적어도 걱정이 되는 것이 세상사. 중용(中庸)이 만고의 진리다.

모든 문제는 균형이 무너지면서 생기고, 균형이 회복되면 저절로 해결된다. 중용(中庸)은 과학이든 인문학이든 가리지 않고 최고의 가치이다.

칠십 된 홍옥

홍옥이 탐스러운 자태를 보인다.
바야흐로 미인이 되는 사과가 주렁주렁 열리는 가을.
붉은 궁뎅이의 기운은 햇살처럼 온몸에 퍼져 옅은 붉은 천을 감싸 안은 것 같다.

칠십 혹한 추위를 잘 견뎌 온 나무, 회갑을 넘긴 홍옥주가 참 장하고 대견하다.

나무가 살아 있음은 곧 희망이었다.

얼지 않고 살아 준 것은 곧 희망이 죽지 않은 것이다.
400근이 넘게 지탱하는 무서운 노익장이 정말 놀랍다.
나무는 늙어 주름이 많고 허리는 굽어도
홍옥의 맛과 빛깔은 청춘(靑春)이라.
금년 추석이 기쁘다 벌써 가을이 풍성하다.

크리스마스 선물

얼마나 더 오래 살면 후회하지 않을 수 있을까?

항암을 거부하고 크리스마스 날 곱게 색조 화장을 하고 잠자는 듯 모습으로 죽은 한 암환자의 말이다.

얼마나 더 살 수 있나요. 어차피 죽을 목숨인데…….
썩어 문드러질 몸뚱어리가 아닙니까?
잠시 깨어나 심폐소생술도 거부하며 남긴 그의 마지막 말이었다.

그래도 우리는 그의 죽음을 슬퍼할 수밖에 없었다.
생명보다 더 귀한 것이 없기 때문이었다.

고향

나의 고향은 도시이지만 마음의 고향은 '꽃피는 두메산골'이다. 어릴 적 나의 생활은 가난이었다. 그래서 도시이지만 시골 같은 구석이 많이 있었다. 어머니의 심부름으로 두부를 사러 가면 허름한 판잣집에 두부 반 모를 파는 집이 있었고 지금은 불량식품이라는 사탕과 라면땅 같은 것들이 좌판에 즐비했다.
된장에 두부를 넣고 국을 끓여 다섯 식구가 다른 반찬이 필요 없을 정도로 저녁반찬으로 일품이었다. 도시이지만 소를 키우는 '소집'이 한 채 있었다. 변변한 놀이터나 놀이기구가 없었던 그때는 학교를 파하면 바로 동네 형들과 친구와 구덕산을 향했고, 산을 놀이터 삼아 돌아다니며 신나게 놀았다.
동네에서는 구슬치기 연날리기 비석치기 술래잡기 등을 하며 밤늦게까지 놀다 집으로 가는데 시끄럽다고 욕설하는 못된 집을 향해 연탄재를 그 집 마당에 던지거나 돌을 슬레이트 지붕에 던져 화풀이 했던 기억. 무엇보다도 시골 사는 친구 따라가 과수원에서 참외 서리했던 추억 그리고 걸려서 혼이 난 일은 두고두고 잊지 못할 일일 것이다.
못 먹고 못 입던 시절. 명절날 어머니께서 운동화 한 켤레를 사주시면 며칠 동안 신지 못하고 고이고이 간직하였다가 설날 아침에 조심조심 꺼내 신었고 어쩌다 설빔으로 옷 한 벌을 선물 받으면 아끼느라 잘 입지 못했던 가난했지만 따뜻했던 어린 시절이 그리워진다.

세모(歲暮)

다시 세모(歲暮)이다.
부질없이 또 한 해가 지나가는구나.
내년에도 어김없이 불황에 세계 경기침체 도처에 위험요소가 곳곳에 숨겨져 있다. 인내와 자비의 단단한 갑옷으로 겹겹이 무장하여 힘차게 일어나 무섭게 덤비는 고통과 좌절을 창과 칼로 막아내어야 한다.

오늘은 무진장 춥고 구름 한 점도 없이 맑으니 새해아침은 온 세상에 흰 눈이 풍성하겠지.

나의 일기
배상수 지음

발 행 처 · 도서출판 청어
발 행 인 · 이영철
영 업 · 이동호
홍 보 · 천성래
기 획 · 남기환
편 집 · 방세화
디 자 인 · 이수빈 | 김영은
제작이사 · 공병한
인 쇄 · 두리터

등 록 · 1999년 5월 3일
(제1999-000063호)

1판 1쇄 발행 · 2020년 4월 10일

주소 · 서울특별시 서초구 남부순환로 364길 8-15 동일빌딩 2층
대표전화 · 02-586-0477
팩시밀리 · 0303-0942-0478

홈페이지 · www.chungeobook.com
E-mail · ppi20@hanmail.net
ISBN · 979-11-5860-834-7(03810)

이 도서의 국립중앙도서관 출판시도서목록(CIP)은 서지정보유통지원시스템 홈페이지(http://seoji.nl.go.kr)와 국가자료공동목록시스템(http://www.nl.go.kr/kolisnet)에서 이용하실 수 있습니다.(CIP제어번호: CIP2020011823)